稻 | 田 | 读 | 书

目光清澈的人

在那稻田相见

浙江风物

江上云起

◎周华诚 主编

朵云书院黄岩店·稻田读书 策划

浙江摄影出版社
全国百佳图书出版单位

甜物质

曾经，甘蔗林沙沙响，一个穷人 / 也有他的神：
他把苦含在嘴里，一开口 / 词语总是甜的。

九峰读书图

红茶温润，将雨天潮湿的水汽压了一压。鸟鸣啁啾，草木繁滋，身后细竹潇潇，斜向着潭面，真有点山馆读书的味道。

在湖边

这样好的月色，会把鉴洋湖的湖面照得如同泛着波光的白缎吧。也许垂钓不为鱼，只为看看月河，只为晒一晒鉴洋湖的月光。

黄岩博物馆记行

欲识黄岩，黄岩博物馆是它的历史窗口。千年沧海桑田，都浓缩在这一本“老黄历”里。

深山云起

只有真的来了，才能闻见山上的兰花香味悠远，单瓣栀子花的香味清甜；才能看见山河辽阔，长潭湖面宁静如水，“心静如水”是什么意思，你来这里看一看。

父子工匠

为了解决一个技术难题，有时候他也会待在机床边，一直从早上到深夜。每一个问题，都需要默默地，缜密地，去逐一解决。

模具小镇客厅
Mold Town Exhibition Hall

甜意辽阔

我在吃一枚黄岩蜜橘的时候，想到这些，觉得又甜又忧伤，这是一枚橘子教我的事情，为此我对一枚橘子充满感激。

端午节的食饼筒

总之，只要吃到食饼筒，不用说，一定是有好事临门。

半山，不仅是一个村名

我若是春天来，走在半山这场梨花雨中，有苏轼的“清明”在前，想来也能得几许清气。

沿江行

两岸都是翠绿杨柳。对岸江边，一座充满现代设计的白色建筑甚是惹眼，很有腔调。那是朵云书院。一座城市必须有书店作为标定点，才能沉静下来，才会不轻浮。

目录

目录

草白

草白，生于1981年，浙江三门人。北京师范大学文学硕士。2008年以来，在《人民文学》《十月》《钟山》《作家》《上海文学》《散文》《青年文学》《江南》《天涯》等刊物发表作品一百余万字，小说及散文作品被《小说月报》《小说选刊》《散文选刊》《新华文摘》等刊物转载，入选各种年度选本。迄今为止，出版短篇小说集《我是格格巫》《照见》，散文集《童年不会消失》《少女与永生》等。获第二十五届联合文学小说新人奖短篇小说首奖、第十二届《上海文学》奖、储吉旺文学奖优秀作品奖、广西文学优秀作品奖等奖项。

甜物质

“这一生，你可能偶尔经过甘蔗田／偶尔经过穷人的清晨／日子是苦的，甘蔗是甜的”“曾经，甘蔗林沙沙响，一个穷人／也有他的神：他把苦含在嘴里，一开口／词语总是甜的”。

1

一个女孩儿在“知乎”上分享她的恋爱经历，提到一个很小很温暖的细节：男孩儿在加她微信时，悄悄往她手心里塞了一颗糖。因为这颗糖，这个普通的爱情故事忽然焕发出幽静、甜美的气息，好似一个孤单的旅人忽然被置于时光的绵长与温情之中。人类对甜味的迷恋几乎是永恒的。一个小孩儿总无法抵挡糖果和故事的诱惑，而成年人，对甜的渴望也是与生俱来的本能。

对甜味的追求早已超出人类的味觉范畴，成为镌刻在遗传基因里的神秘物质，代代相传。不仅人类，动物也嗜甜，蜂蜜是蜜蜂精心酿造的甜物质，蜂鸟每天摄入的糖要占体重的一半，而蜗牛最喜欢吃草莓、香蕉、橘子等甜果。另外，蔬菜瓜果上的寄生虫也是甜的忠实粉丝。经济不好时，糖果的销量却很好。糖不仅是食物，它的甜，还给人带来安慰。艰难岁月里，糖果营造了味蕾上的天堂。一颗紧攥在手心舍不得舔舐的糖果，成了延迟享受的美味及一生幸福的隐喻。

人类社会，随着时间流逝，甜味越来越浓。就像茶叶和椅子，糖逐渐从贵族的专属品，蜕变为平民的“解苦剂”。

以下是散落在典籍中与糖有关的时间列表，也是一张断断续续的甜味线路图，人们或可由此找到甜物质的源头。

西周：《诗经》关于糖的记载“周原膴膴，堇荼如饴”，大意为周的土地异常肥美，连堇菜和苦菜也像饴糖一样甜。饴糖可能是世界上最早的硬糖。

东汉：《异物志》描述了作为主要产糖物质的甘蔗，“长丈余，颇似竹，斩而食之，既甘。榨取汁，如饴饧，名之曰糖”。这便是红糖制作的“雏形”。

北魏：《齐民要术》记载了饴糖的做法，“取黍米一石，炊作黍，着盆中。蘖末一斗，搅和。一宿则得一斛五斗，煎成饴”。

唐朝：《新唐书》记录“太宗遣使（至摩揭陀国，古代中印度之国）取熬糖法”，这是官方正史中的记录，明确中国最早的制糖术来自印度。

南宋：王灼《糖霜谱》是我国古代第一部关于植蔗和制糖的科技专著。

明朝：李时珍在《本草纲目》一书中对砂糖的物理性状作了描述，“凝结如石，破之如沙”，并在“沙糖”条下记载：沙糖“和脾缓肝”“补血，活血，通淤以及排恶露”。沙糖，就是现在的红糖。

当代：1998年，季羡林完成七十余万字皇皇巨著《糖史》。

……

所有与糖有关的文字大概都是带甜味的。犹太人让孩子亲吻带有蜂蜜的书本，就是为了让他们记住书本是甜的，阅读是甜的。那些甜味就像是由最深沉的大山所酝酿的甜美溪流。人类为了获得它们，曾在春天的花田里寻找，在夏天的果园里寻找，直到找到那片甘蔗林。

2

就像春天发轫于一朵花，人类最清澈、最恰到好处的甜来自一株叫“甘蔗”的草本植物。当年亚历山大大帝出征印度时，部下中曾有人告诉他此地出产一种无需蜜蜂就能产出蜜糖的苇草；当他结束对印度的征战返回时，也将这奇异的植物带回。从此，甘蔗跟随亚历山大的军队传入欧洲，成为当时世界上最珍贵的商品。

印度既是佛陀的故乡，也有可能是甘蔗的原产地。甘蔗大约在周宣王时传入中国南方，先秦以“柘”称之，到汉代才出现“蔗”字，它们的读音可能都来自梵文。季羡林先生的《糖史》

可谓这方面的权威著作。

这种遍植在广袤大地上的禾本科植物，为多年生高大实心草木，天生就有“清热生津，润燥和中”之效，被医家列为“补益药”。读李时珍的《本草纲目》，感觉世间万物皆有其时，世间万物皆有其用。

很小的时候，我就像蜂鸟那样对甜味着迷：吸食栀子花的花蜜，像嚼食甘蔗那样嚼食茅草根或玉米秆子以获得那一点点稀薄的甜味，吃完糖果后留着糖衣夹在书本里特意闻那淡淡的甜香……所有这些都让我感到某种难以言喻的欢乐。我还知道哪种植物叶片富含甜分，哪种果实汁液丰盈、鲜甜，哪处山岩壑谷里的泉水有股特别的清新、甜润之气。那时候，好像大地上长出的所有东西都是能吃的，都带着甜味。

中国甘蔗产区主要分布在北纬24度以南的热带、亚热带地区，而浙江台州黄岩头陀镇所在的北纬28.62度也有甘蔗种植。从宋朝开始，这个位于黄岩中部的小镇就开始栽种甘蔗了。而我生活的北纬29.09度的村落却没有甘蔗，我们种向日葵、油菜、小麦。我们总是把玉米秆子当甘蔗嚼——它们中也有甜的，淡淡的甜也是美味，也弥足珍贵。

卖甘蔗的小贩把摊位支在学校门口或戏台前，把长长的紫色的、绿色的甘蔗，斩成一小节、一小节。一毛钱一节。硬硬的外皮里装满甜汁。那时候，所有能吸引我们的食物都是甜的，水果糖、爆米花、柿子、柑橘，其中以甘蔗的甜最为清润和惊心动魄，就像大地深处涌出的甘泉。

甘蔗的甜从何而来，我不得而知，但它好似为世上所有甜味提供了一个永恒模板，要那样甜，才好吃，才称得上“美味”。

黄岩头陀镇的甘蔗田几乎是离我最近的甜味基地。多年后的冬天，当我抵达这里，甘蔗已经收割，冷冽的空气中仍弥漫着一股甜香。纬度差一度，距离差111千米。当年，从我所在的村子出发，大概需要走四五十公里才能到达这里，如果不间断地步行，约莫需要走十个小时。也就是说，从清晨走到傍晚，我就可以走到一块甘蔗田边，体会暮色光影下一棵棵甘蔗正倾尽全力地去搜集属于自己的甜味。诗人胡弦有一首叫《甘蔗田》的诗，“这一生，你可能偶尔经过甘蔗田／偶尔经过穷人的清晨／日子是苦的，甘蔗是甜的”“曾经，甘蔗林沙沙响，一个穷人／也有他的神：他把苦含在嘴里，一开口／词语总是甜的”——每次读来都有种潸然泪下感。

甘蔗有糖蔗和果蔗之分，其中茎粗、汁多味甜者可熬糖。甘蔗之甜，是清甜，是草木植物的甜，不腻味、不过头。不知甜的基因要走过多少漫长的旅程，经过何种改良、杂交才能成就如今之品质。

头陀镇的甘蔗表皮多为紫色和绿色，喜温、喜光、喜降水，喜肥沃土壤，喜一切明媚、光亮的事物。正月播种，十一月收割。漫长的时间里，默默累积糖分成为它唯一的使命。从一棵普通小苗，长成一株高大、充满蜜汁的实心草木，甘蔗的存在委实是奇迹。它可提供蔗糖、果糖、钙、磷、铁，还有天门冬氨酸、丙氨酸、柠檬酸以及维生素家族中的部分成员，其中任何一种物质，都具有巧夺天工的结构，可媲美人类所造的艺术品。漫长的时光中，甘蔗从土壤中汲取一切，又将所得奉送给人类。

3

时间：十二月初

地点：黄岩头陀镇制糖坊

事件：古法熬制红糖

参与者：制糖师傅、榨汁机、甘蔗、铁锅等

熬糖步骤如下：

榨汁机将糖蔗直接压榨，汁液随管道进入制糖坊，经轻度澄清后流到一口大铁锅里加热。十一口铁锅一字排开，代表各个蒸馏阶段的开始。制糖师傅分工明确，有控制火候的，有搅动糖浆的，有舀糖的，有滗糖的，最后是降温、冷却、搓匀，将水分控干，使黏度降低，细沙似的红糖就此成型。

整个过程就是蒸发、提炼、结晶，使其甜味阈值达到巅峰。

最后，糖蔗消失，色泽鲜亮、质地松软的红糖诞生，甜度和新鲜度获得完美保存。

头陀镇的制糖坊大概是世上最香甜、最紧张的地方，每道工序都在与时间和甜度赛跑，根本无法停下。并没有任何具体动作，一切只凭制糖师傅的感觉行事，他们说不出什么动作要领，但知道该怎么做。很多时候，它们来自身体肌肉的记忆，好像只要进入那个甜味飘溢、烟雾弥漫的空间，身体里那部分感觉就会复苏，手上动作也会自动完成。这就是手作的神秘之处。任何以双手、双脚参与的劳动，不在理论的阐释范围内，只能被模糊地感知到，就像嗅觉对气味的捕捉。

我常常想，如果一个饥肠辘辘的人恰巧路过深夜的制糖坊，大概会有一种人世美好之感。一座甜味工坊从来不是以建筑物的形式屹立在大地上，它的存在类似于某种象征，甜不仅是味觉记忆，更是一种精神质素。当年，头陀镇的制糖坊就设置在田间地头，大量甘蔗被就近加工成红糖。漫溢的香味在大地之上到处飘散，就像春天里漫天飞舞的花粉。想想那场景，真让人心醉，土地和人的历史被一种气味保存下来，并获得延续。

至今还记得那些时刻。童年时，年的脚步近了，人们在寒冷的日子里，在黑暗的夜里，熬制红糖烤糖。屋外北风呼啸，屋内热气腾腾，语笑喧哗。糯米在锅里翻炒，红糖在高温和植物油的作用下慢慢融化，重新变成蜜汁一样的东西。火候很重要，过老或不及，都会影响糖浆的黏度，粘不住那些胖乎乎的炒米花。灶台里的燃料全是晒干的松树枝，燃烧过程中，两侧断面不断流出乳白色液体，发出噼里啪啦的声响。炒米花加红糖，加芝麻，加坚果，就是“红糖烤糖”。糖浆浸润其中，融于无形。糕体既成，是甜、脆、松的平衡，也是美味的终极。

写这段文字时，那锅里翻滚的棕色糖浆，人们在那些夜里的举手投足，还在我脑海里浮现。所有甜味不过是时间与记忆的深度发酵，也是一切热情冷却后的结晶体。

4

至今还能想起一件颇为心酸的事。有个心智不太健全的女孩儿，看见一只敞开的袋子里装着一种白色晶体，它们很像家中罐子里的白糖，她以为那就是白糖，趁大人不注意，偷抓了一把攥在手心里。但那根本不是什么白糖，而是尿素，化学名为碳酰胺。乍一看，它与白糖还挺像。

红糖、白糖、冰糖、黑糖、麦芽糖都是甜的，但功效作用不一。如果说红糖是冬天里的糖，那冰糖则属于炎热的夏天，一个既补血又活血，另一个则润肺清火。同样是糖，却拥有迥然不同的功效。至于黑糖、白糖、麦芽糖，也都是可入药的。凡是糖，皆带有解毒止痛之功效。其中，麦芽糖属于小孩儿，它是做“糖人”用的糖，甜中带着微微的苦。

一个家住头陀镇的朋友，知道我在写一篇与红糖有关的文字，给我发来一则朋友圈里的“调侃”。“有个女人口渴了，老公让她喝红糖水；肚子饿了，还让她喝红糖水；肚子痛了，继续让她喝红糖水。”——好像红糖水是包治百病的。

我不知道红糖水是不是可以“包治百病”，但它的确能让身体长出力气来。我曾目睹它让一头疲惫不堪的老黄牛迅速恢复体力。那是农忙季节，比人更累的是牛，家里人为了犒劳它，给它喝粮食做的黄酒，里面打上鸡蛋，加上糖——满满三大勺浓郁香甜的红糖。牛和人都喝同样的鸡蛋黄酒，都有红糖。每次想到一头牛曾与人类平起平坐过，享受过同样的美食、甜味，便有一种无法言喻的安慰与感动。那不是人类的善意施舍，而是它应该获得的，牛以勤勉的劳动获得了人类的怜惜与尊敬。红糖是甜的，黄酒是甜的，鸡蛋也是甜的，所有这些甜的食物让人和牛都长出无尽的力气与希望来。

古法熬制的红糖，因保存手作的痕迹，具备与时间同等的魔力。多年来，其婉转隽永的滋味，层次丰富的甜，被装进一个个密封的罐子里。那是一条宁静、幽深的隧道，通往一个保存完好的世界：那个世界里，人与动物平等相处，各自获得宽宥和庇护。

祖母的灶台上常年摆放着一只辨不出颜色的红糖罐子。她在焖红烧肉、蒸白菜、煮黄酒、调制蛋液时，都要放一点点红糖进去。在那些没什么可蒸、没什么可煮的年月，她更离不开它们。祖母的日常离不开这三样东西：大米、鸡蛋和红糖。那是她生命能量的来源。当生命之火逐渐熄灭时，她躺在床榻上，粒米未进，只喝几口红糖水来续命。红糖带给她安慰，是她不断丧失、甘苦自知的一生中少数几样得以保存的东西之一。

山野游荡的人

于尼泊尔雪山而言，他不过是众多过客中的一个。故乡的山野却可能成为他进入世界的门户，由此开启真正的漫游之旅。或许某一天，他会在山上找个房子住下，也有可能只是更为频繁地去往那里。一切不过刚刚开始。

1

很多年前，我便认识他。那时候的他，只是一个热衷于骑行的少年，话不多，性子略显拘谨，但不排除在人群之外，也有调皮好动的时刻。为了叙述的方便，在这里，我以“W”指代他——取姓氏拼音的首字母，这字母像波浪，像房屋的倒影，也像群山绵延，一望无尽。

W出生于20世纪70年代末，浙江黄岩与临海交界处一个平地村落里；拥有20多年登山史，在山上所待的时间超过365天；

2021年，被选为环浙步道台州段的KOL（Key Opinion Leader，指意见领袖），并参与黄岩段的采集工作，由此开始对家乡西部山区的深入探访。这些数据和事实，在网络和社交平台上大都可以查到。

为了撰写这篇文章，我除了将他个人微信公众号上的图片和文字翻了个底朝天，还与他进行了数次或长或短的对话。虽为朋友，但我对他这些年来所走的道路实则一无所知。

如果没有那次峡谷之行，W或许会在永宁江畔某座写字楼里，度过生命中的绝大部分时间，就像那些朝九晚五的年轻白领，偶尔的出游只是繁忙生活的调剂品，根本算不上什么。契机出现在很多年前，那个遥远的春天，W跟随一群陌生人去杭州郊外的峡谷踏青。那次普通的巡山之旅是导火索，也有可能是显影液，W因此成为一名坚定不移的山野徒步者，甚至还登上本地新闻头条，被冠以“登山达人”称号。只因当年走在那座向阳的山坡上，那些松树、樟树和柏树清俊挺拔，香气四溢，树顶上的天空清澈、明亮，湛蓝如洗，好似梦中所见。

峡谷之行恰好发生在世纪末，W将此看作上天的“岁末馈赠”，是对他二十年人生的奖赏，同时也是指引。

W的山野之旅由此开启。

无论两次登山相隔多久，每次从人群返回峡谷，那种微妙的感觉总能完好无损地回来。如今，时间又过去二十多年，如果把W在山上的时间稍加累计，足有三四百天，超过一整年，或许更多。而行程更是惊人，接近一万公里，多是崎岖难行的山路，还不时遭遇阴雨天气的侵扰，徒步途中常有徘徊等待、寸步难行之时。一万公里相当于北京与上海之间的四次往返；如果人类的正常行走速度为每小时5公里，一个人要不吃不喝走上2000小时，才能完成这个漫长的路程——这还是身体在既无负重，也无须爬高的闲适状态下。请再看一则数据：从中国最北端的漠河以北的黑龙江江心，到南海的曾母暗沙不过五千五百公里；从最东端的黑龙江与乌苏里江主航道中心线的相交处，到最西的新疆帕米尔高原也不过五千两百公里。——以上两者相加也不过一万公里有余。

二十几年来，每逢节假日，W总要找各种理由出门。其目的地只有——山。他的电脑和手机收藏夹里存放着各地山脉的资料，每次出发前，他总要仔细研究它们的习性，了解发生在那里的故事，以便更好地接近。他认为一个人在没有人烟、只有云雾的山道上行走，更需要现实经验之外的敏锐与直觉。这是一种不能轻易习得的本领，只能以身体本能去寻找。

多年后，W读到英国女作家、诗人娜恩·谢泼德的《活山》。这是一本行走之书，也是山野徒步者的圣经，它与一座叫凯恩戈姆的山脉有关。作者认为个体生命中最重要的经验不是来自教育或阅读，而是源于以双脚丈量足下之路；只有当身体处于自然之中，感官才能像纸扇那样次第打开。某种意义上，W的感知与娜恩·谢泼德的不谋而合，这大概也是他痴迷山野徒步的原因吧。

2018年冬天，W去了尼泊尔东部的索鲁昆布地区，那是他在山上徒步最久的一次。冰天雪地中，独自走了十几天。无疑，雪山是所有山林中最美，也是最难攀登的。世界范围内海拔八千米以上的极高峰有十四座，而尼泊尔境内就有八座。那是一个神奇的、“神比人多”的信仰国度。其中有一条称为EBC（Everest Base Camp，珠峰南坡大本营）的史诗级徒步线路更是享誉世界，它的路线之一便是以珠峰大本营为目标，沿途风景雄浑、壮阔，无处可及。一个人的想象力无论多么丰富，如果不是亲自抵达，便无法遐想那种极寒之美、凌厉之美。风刮在皮肤上，宛如火焰在烧；而当张口呼吸时，吸到的好似不是空气，而是某种令人灼痛的气体。

在那里，W实实在在感受到雪山气候的恶劣，明明这边坡地上还是晴空万里，转个弯就可能遭遇漫天飞雪，刮得人睁不开眼睛。“高反”不期而至，连休息也很难缓解。那样残酷的地方，却遍布冰河、深谷、草场，白雪皑皑，美不胜收，简直是童话世界里的场景；某些深潭里的冰是澄澈透明的蓝，宛如域外世界的宝石。最美的是无风的夜里，天上星河璀璨，地上雪山熠熠生辉；人在其中，好似置身天外宫阙。

雪山行走有诸多禁忌，比如冰川上裂隙多，要当心；比如午后不适合赶路，因雾气大。有一天下午，他因贪恋美景，耽误了下撤时间，不得不凭着模糊的印象，跌跌撞撞行走在大雾之中。但还是走偏了。当眼前忽然出现庞然大物——一群觅食的牦牛时，着实吓了一跳。那一刻，他是无助的，身无所傍，仅仅凭着一点可怜的身体记忆，像盲人在黑暗的世界里摸索，直至摸到驿站四周坚固的墙体。作为一条成熟且知名的徒步路线，EBC每隔一段路程，都会有一个类似村庄的聚集地，分布着驿站、旅舍和商店，供徒步者休憩。

那段徒步雪山的日子，也是W第一次领悟到童话世界所蕴藏的美好与残酷。美人鱼在鱼尾变成双腿后，每走一步，宛如行走于刀刃之上；夜莺以生命之血来培育一朵带刺的玫瑰，并由此付出生命的代价。一名徒步者想要体验雪山之美，大概也要经历恶劣环境的洗礼，甚至像夜莺和美人鱼那样付出惨重的代价。一路上，那些葬身山谷的生命，陆续来到他眼前。

那些天，他的脑海里还经常浮现大昭寺门前磕长头的信众。天刚蒙蒙亮，他们就跪在那里了；天黑了，仍在重复同样的动作。某种意义上，他也是山的信徒。它们无时无刻不在召唤他。那个世界里，他踩着积雪，深一脚、浅一脚地前行，他跌跤，爬起来，继续行走。所在的世界是一片轻盈的白，脚步却如此沉重。他从不轻易停下，哪怕每次只移动一点点。雪山之上，提脚往前走是唯一真理。这单调而连续的动作，与身体呼吸相契合的动作，带给他安宁和力量。后来，他每次回忆起那几天的经历，唯一能想起的就是那种感觉。

很多时候，耳边会响起鸟叫声。据说，有超过一百种鸟类栖息在那些雪山上。W知道它们不是来自故乡水边的翠鸟，有着曼妙的身姿与婉转的啼鸣；为了适应极寒气候和高空飞翔环境，这些鸟不得不做出某种改变，让身体器官处于永恒的退化之中，坚硬的骨骼呈中空状态。

当因为“高反”头痛欲裂，当感到难以为继想就此停下时，他总能听见鸟叫声。他似乎被这个世界遗忘，但他没有忘记自己。没有同行的伙伴，没有手机信号，没有足够的食物和热水，只有茫茫雪山，皑皑大地，当走到冰川末端的无人区，好似来到“世界尽头与冷酷仙境”。

事后，总有人问他如何坚持下来，他只笑笑，并不作答。只有那些没有登过雪山的人才会这么问——他们的脑海里总有那么多“为什么”。其实，一个人只要来到山上，行走便是理所当然之事；决定行动的从来不是大脑，只能是双脚。

尼泊尔的雪山上曾留下W的脚印，但没有人知道那是他的。在那里，所有时间都凝固在脚下，成为美妙的结晶体，须凭身体动作去触摸和打量。脚成了唯一的触觉器官，由它引领着思想去往一个极寒、险峻之地。

2

以脚步丈量家乡西部的古道，还是近两年的事。因为疫情，外出远足的次数少了。周末或节假日，W开始与朋友们去城市附近的大山里兜兜转转，他们把车子开到山上某处，再弃车徒步。他们走的是隐秘的古道，那是属于旧时的道路——竹林荫翳，茅草丛生，有些大概四五十年没人走动了。某些路段甚至面临移位或消失，他们不得不从无路处开辟道路。这样的行走总充满无限遐想，好像随时可能与很久以前出现在此地的人，进行某种跨时空交流。

如果遇见的是现实中劳作中的人，他们会莫名地兴奋，主动与那人闲聊半天；如果遇见的是逃窜的松鼠或野鸡也是如此，当动物们惊飞着掠过灌木丛，他们还会在原地怔怔地站上许久。山上的时间变得缓慢、迟滞，充满沉溺感。一只飞翔的鸟，一阵拂过山涧草丛的风，都与平地上的不同。

小时候，W也走过类似的山路，那是农人劳作途中的必经之路，也是山上村落里的人出山和赶集之路。这些年，随着大路的开通，村落与田畴的废弃，那样的路自然少人走了，逐渐被荆棘、茅草、藤蔓以及低处的苔藓、地衣所占据。这些缎带似的小路飘散在山林深处，随时可能隐匿不见，但只要有人持续不断地走下去，它们总能在关键时刻显现，好像是行走本身带出了它们。

“双脚连续不断地踏在路上，会使一定量的路升入你的体内”，深山徒步时，W的脑海里不断地接收到类似信号。只要道路通畅，哪怕狭窄处只供一人侧身而行，他走着走着就会忘记自己置身山林的事实，好像那些路会自动、无休止地延伸下去，在所有山脉的腹地延续，直通到不远处的东海。

这几年，故乡西部群山上的村落渐成空村，村民们陆续下山，住进崭新的公寓房里。曾经喧闹一时的山道渐渐杳无人迹。如今，人们通过它还能勉强走到林子深处，或抵达志书里所记载的古村落。其中有个叫“日溪”的地方就在西部漫游的线路上。当年，那里曾是一座繁华的城，如今只剩残垣断壁和三十余米长的废弃城墙。那天，W和同伴无意间闯入，只见柴禾仍堆在人家院落里，石板桥下尚有流水蜿蜒的踪迹，眼前似乎出现某些活动的人影，他们或于青色石板上站立小憩，或于某个水潭边捧水浅尝，或在灶屋里忙于炊事。某些年代里，或许还会有商贾、军队路过，并借宿于此。W慢慢想象那些场景，不过几十年时间，那个世界里的人早已杳无踪迹。

在无人机的上帝视角中，一切人类活动痕迹渐渐不复存在。广袤的西部，群山绵延，游龙似的往无限处延伸，好似山体本身的呼吸吐纳。废弃的房屋偶尔点缀其中；相对山林浩邈，千山万壑，它们的存在不过是暂时的，而人类通行所倚赖的羊肠小径，更是无迹可寻。

山上与山下，完全是两个世界、两种时间。后者就像一台无法被按下“暂停键”的机器，白天黑夜都处于疯狂的加速前进状态。而在山上，一切都变得安静、恍惚、漫不经心。W的内心深处常常涌现一种幻觉，好像下一路口就可能遇见当年走散的人，他们还在原地等着他。他想起樵夫王质站在仙人的棋盘前入了迷，直至斧柄腐烂，浑然不知。在山上，似乎有个叫“时间洞穴”的东西能将过去之人源源不断吐露出来，让人们避免悔恨和怀念。

W的心里也会升起一股隐隐的担忧，在山上，一个人走着走着，忽然走出时间，也不是毫无可能的；从青春葱茏的少年，到须发皆白的老者也不过是须臾间的事。每次途中遇见废弃村落，他总会好奇地步入其中。那些昏暗而年久失修的老房子里，偶尔还住着一两个不愿离去的老人。那些故事从没牙老者的嘴里倾吐出来，给他似曾相识之感。吸引W的不是故事，而是那些无主的房屋，其中有几间格局和朝向都很好，经过修缮后，或许可成为未来的居所。他不是一直在寻找理想中的居住地吗？W想象自己在两个房子、两种时间之间任意切换，他还不能确定自己到底需要哪一种，或许，他所求的并不是其中任何一种。

为此，W在故乡——黄岩西部的山区走了两千多公里，走到与临海、与仙居、与乐清交界的地方，仍想继续走下去。在山上，区域之间并无明显界限，植物草木肆意生长。徒步久了，他对以真菌孢子为连接主体的脚下世界有了更多了解，它们以一种隐秘的方式团结在一起，组成一个坚不可摧的地下王国。

3

那是2021年8月中旬的一天，黄岩地面温度为 24～34℃，紫外线强度为中等。那天，W决定上山“开路”，这也是他作为环浙步道台州段KOL的基本工作职责。同行者四人，分工如下：探路者、系路标者、轨迹记录者以及负责后勤保障的司机。此行的任务是，从岗头村出发，找到通往鹰嘴岩、被杂树林掩没的步道，为后续步道建设做准备。

最近几年，国家层面决定在山河湖海、盆地平原之间，建立徒步通道。“环浙步道”也应运而生。家乡山区有很多古道或受地质变化破损，或藏在深山里不为人知，或被草木竹林侵占无缘无故地消失，可谓步履维艰。

其实，岗头村到鹰嘴岩，其直线距离不过一公里。但那天，他们足足走了四个多小时。一般情况下，整个队伍的排列如下：探路者走在最前面，以镰刀和木棍开路；系路标者随后，在每个山路转角处系上标志性的布条；轨迹记录者则在一个“环浙采集”的App上记录一行的行走轨迹。

那天，一名耄耋之年的老人成了整个队伍的指引者。老人家住岗头村，他和老伴在家中接待这群迷失方向的年轻人，后者不仅遭受热浪袭击，还饥肠辘辘，急需补给。除了提供食物，老人还决定亲自为他们“导航”。年轻时，身体健硕的他常肩扛手提重物在古道上行走如风。那是村庄与外界的唯一通道。后来，大路开通，一条水泥硬化路盘旋往复，从山脚下直通山顶，再没人去走泥泞陡峭、长满荆棘的小路。古道自此渐渐隐去。但仔细辨认，仍可见残存的蛛丝马迹——经多年反复踩踏所形成的干硬路面，路基两边不对称生长的大花马齿苋、佛甲草、车前子，以及某处较周遭稀疏的植被分布——所有这些都暗示着它曾经的踪迹。

现在，寻找古道的人上山来了。他们的身体于热浪中前行，在荒草丛中缓慢地挪动，时间一分一秒地过去，蛰伏已久的道路似乎听到召唤，在荆棘和杂草丛中慢慢复苏，向他们蹒跚走来。那天，一名老人和四名年轻人，成了致力于维护道路通畅的人。他们于密林中艰难穿行，从岗头村走到鹰嘴岩，将一条野性自在、生机勃勃的古道唤醒。

很多时候，山中行走的人常常面临无路可走的窘境，或与一块乍然出现的山石对峙，或迷失在荆棘丛生的荒田里。视野所及处茅草连天、枝柯交错、藤蔓缠绕，空气随高温震颤，热浪宛如气流，扑面而来，甚至还可能听见蛇类出没的嘶嘶声，让人不寒而栗。

古道既是徒步者进入深林的途径，也是时间流逝的印迹。一座山林应该保有许多份时间：既有现实中确定无疑的叙述，也有回忆中模棱两可的说辞；既要有大声交谈，也要有窃窃私语。英国步行作家罗伯特·麦克法伦写有《古道》一书，他认为人类是轨迹的制造者，走在过去之人所走的道路上，以及去图书馆寻找这些徒步者的行走记录，都是找到过去之人灵魂的方式。在今天，古道不仅指向历史悠久的道路，还代表着某种失而复得的东西。

这也是W和同伴们在黄岩西部群山上所寻找的。他们以砍刀与缠绕的藤蔓、与顽固的荆棘搏斗，既为了从中开辟出一条新路，也可能只是向山林夺回被侵占的领地。

古道上的路标不仅有结实的路基、圆形石块、鹅卵石小径、明显的凹陷痕迹，当年的雨水、阳光所滋生的一切，以及送葬队伍留下的纸钱、纸花、纸房子，都还留在那里，只待有一天从隐匿的瞬间显现，被所有路过之人看见、听到、感觉到。

4

将一条荒草连天的古道走通，让所有的古道彼此相连、互通有无，就像将一条壅塞多年的河道重新清淤、疏浚，成为水上航路的一部分。这样的事情常常让W感到不可思议。好像，他面对的是一段残缺不全的时间，本已躺在荒山野岭之中，行将就木，放弃挣扎。如今，它们获得生的契机。他告诉自己要在不同季节和不同气候里不断返回那里，这也是让它们保持通畅的唯一方法。

也就在那段时间，W开始携带“无人遥控飞机”上山，他想看看视野之外的风景。随着飞机的起飞，W感到自己的身体也随之腾空，自如地上升、倾斜、旋转以及降落。镜头中出现缥缈的云海，曲折如蛇的山间公路，直的索道与几何形田畴；还有弯曲的河流，白色发光的道路；偶尔可见羊肠小道，就像浓密乌发中露出的一条狭窄头路。W常常将这些静态画面串联在一起，制作成短视频，以此表达对某种观看方式的敬意。

之后，再去密林深处行走，W总会想起要是此刻头上恰有一架飞机飞过，应该是无法发现他们的吧。“无人遥控飞机”的镜头里，自然看不见尘埃般行走的人，俯瞰镜头里即使有人，也只是一些抽象的身影，作为构图的基本因素存在，根本分不清谁是谁。

在机器的视野里，他到访过的岗头村也不过是一片平面化的屋顶与树顶。屋子外面即使有人走过，能看见的也只是头顶上微不足道的一点。关于屋顶和树顶的画面，让W想起小时候做过的飞翔的梦，他总在这些屋顶上和树梢头跳来跳去，梦里的身体多么自由，像一只真正的飞鸟。

一个山头，一座村庄，通常要飞好多次才能找到合适的拍摄视角。除此之外，W还拍自己所置身的城市空间，玻璃、水泥与钢筋组成的丛林，它们在夜里更美些。与自然相比，城市的变化更显而易见。视野所及一片流光溢彩，江水是橙红的飘带，喷泉给人火焰的既视感。高楼和景观建筑，鳞次栉比，宛如山峰耸峙。人间烟火并没有让他感到更为亲近，就像山林并没有让他觉得疏远和隔绝。

W还是愿意把时间留在山上，以此进行漫无目的的行走。正如罗伯特·麦克法伦所言，以脚跟和脚尖的距离为步伐单位，也为思想单位。在这里，必须提及一座叫“括苍山”的山脉，其主峰米筛浪海拔1382.4米。前前后后，他去过那里近50次，包括新世纪第一缕曙光照亮山头那一刻——2001年1月1日6时42分54秒，他也在那里。

从最初上山时的碎石路到后来的柏油路，从徒步到开摩托车，从行人寥寥到游人如织，W都经历过。在括苍山上，他见过最美的日出和云海，也在帐篷里目睹过宇宙无边、星图浩瀚。偶尔也会遭逢那样的时刻，山下艳阳高照，山上大雪纷飞，就像上天即兴按下切换键。一年四季，山的酷烈与温柔，壮丽与平常，都让他心动。

记得有一年冬天，临近傍晚时，城里忽然下起大雪。他约了朋友，带了食物、睡袋，迫不及待想去山上看更大的雪。车子还没开到半山腰，车轮就陷进雪地里无法动弹，不得不躲到一个未完工的房子里烤火。那天晚上，他们困在荒野式的空间里，看着雪越下越大。第二天早上，徒步爬了一阵，到底没能爬到山顶上。

还有一次，他和伙伴们相约去看云海，到了山上，因贪恋美酒，一行人横七竖八醉卧在帐篷里，什么风景也没看成。

这些年，W陆陆续续到过的山，有牛背山、羊岩山、萨普神山、公孟山、哈巴雪山、安纳普娜山以及EBC线上的无数座雪山。近处的则有黄公山、白石山、天台山、括苍山、金鸡山等。他早已记不清自己到底登临过多少山脉。大大小小的山，或雄壮，或秀美，或险峻，或荒凉，他把生命中的一些时间抛掷在那里，当下了山，那以脚步丈量过的一切又随他返回人群之中。到后来，他发现自己想要的并不是壮丽的风景或登临峰巅的豪迈感，他只想待在山上，在那里随处游荡，就像在一位熟悉的朋友家里。

脑海里经常浮现在哈巴雪山艰难攀爬的情景。偌大的雪地里只他一人孤身走着。石头被雪掩盖，成了雪地的一部分；偶有徒步者出现在迂回的雪坡上，马上又没入云雾之中。越是上行，积雪越厚，雪漫过他的脚踝，遮掉他的鞋面。那座标记着“海拔5396米”的木牌还矗立在前方不远处，他不知道自己能否抵达。他想过放弃，但终究没这么做。那天，他终于走到木牌所在的地方，并与之合影，却没有收获想象中的激动。他感觉自己不是在攀登雪峰，而是行走在一片有坡度的雪地上，或是走进一片茫茫云雾中，雾和雪成了呼吸与行走的障碍，除了疲累与寒冷，他感觉不到别的东西。

这之后，梦境里不时出现雪地蹒跚行走的身影。梦里的他多了冷静与淡然，少了好胜之心。即使到不了峰顶也没关系，那不是结束，而是另一段旅途的开端。

只有行走在故乡蜿蜒的群山里，W才获得在山林深处游荡的感觉，他一再地以行动确认那种感觉。“心中没有必须到达的目的地，所到之处也算不上特别，不过是单纯地想要和山待在一起”，随着娜恩·谢泼德对凯恩戈姆山脉的日渐深入，她改变了与山的相处方式。W感觉自己也是如此。一个人一旦进了山，便相当于把自身隐藏起来，最好与世隔绝，连手机短信也不必接收。此后，家门口的山成了他常来常往之地，他在那上面搭过帐篷，烹煮过食物，睡袋中酣然入梦的他就像溜回到母体温暖的子宫里。那样的夜里，世事漫随流水，所求不过浮生一梦。

5

不久前，W在永宁江畔开了一间藏式小酒馆，主营各种精酿啤酒。我不懂酒，自然不知它与雪花、青岛这些工业啤酒的区别。上网查了资料，才知这是一种小众啤酒，酒精度和苦涩度都很高，具有极富想象力的配方，让人想起现代派诗歌。

《酿酒师传奇：世界啤酒史》一书里记载了这样一则故事。一位当事人去荒地里采访一位名为“月光”的顶级酿酒师，对方居然用红杉木的枝丫作酿酒材料，尝起来有股原始森林的味道。见过这位酿酒师兼魔术师后，采访者忍不住也跃跃欲试，在熟悉的配方里加入：泥煤炭烟熏麦芽、迷迭香的枝叶、桉树和松树的枝丫、蔓越莓、蜂蜜、艾蒿、虫草、沼泽桃木以及蓍草……喝着居然让人想起山林与篝火。这就是与精酿有关的故事，充满传奇色彩。

W的藏式小酒馆，更像一间旧物陈列馆，有他旅行途中收集的各种物品：唐卡、哈达、藏毯、转经轮、明信片、动物头骨、藏香、羊皮画、以氆氇制成的桌布……大多与极寒的藏地有关。

“当初没有机会送出去，就想着将它们归拢在一起。”

“算是为这些东西找个存放的地方吧。”

当远行路上发生的故事，那些苦涩、艰辛、酸楚、激动、狂喜，一一退去，他终于有了一个可回忆的地方。他喜欢一个人坐在那间临街的酒馆里，喝着来自世界各地的精酿，好似当年坐在加德满都或拉萨街头的啤酒屋里。它很小，在转角处，从前是一家渔具店，可能路过的人都不会注意它的存在。但他的朋友们会来。他们偶尔会聊起早年结伴徒步中发生的趣事，更多时候只是喝酒，喝得烂醉，不肯回家。他只好将他们失去控制的身体，慢慢塞进柔软、温暖的睡袋里，于是，那些夜晚的酒馆长椅上尽是不省人事的酣睡者。音响里播放着印度冥想音乐*Music of Meditation*，他想起当年宿在括苍山上的帐篷里，头顶之上繁星漫天。

他仍不时地回到山上，离他很近的山，以及黄岩西部的群山。在周末，节假日，或者不需要工作的工作日，随便哪一天。反正，它们就在他身边。这座城市，周围群山环绕，河流穿城而过。多年游荡归来后，他逐渐体悟到身边山林之美，景物之美，重新认识到某个地域里的事物之于个体的意义。于尼泊尔雪山而言，他不过是众多过客中的一个。故乡的山野却可能成为他进入世界的门户，由此开启真正的漫游之旅。或许某一天，他会在山上找个房子住下，也有可能只是更为频繁地去往那里。一切不过刚刚开始。

未来，还会有越来越多的人去往那里，有古道，有重叠的峰岭，有苍郁的松树、柏树和樟树。他只希望人们能在恰好的时刻抵达，找到那种感觉，就像当年他在郊外峡谷里所遇见的。

甫跃辉

甫跃辉，云南人，居上海。著有长篇小说《锦上》、小说集《万重山》等十余部。2017年至今，在《文汇报》副刊《笔会》开设散文专栏“云边路”。作品入选第37届青春诗会、第12届十月诗会。著有诗集《去大地的路上》。

去黄岩

想必一年一年不断开花结果的黄岩蜜橘，定会碰到一年一年不断出生成长的年轻人，古老而新鲜的滋味，将潜入他们的味蕾，刻进他们的岁月，在未来成为独属于他们的、有关食物的恒久记忆。

去黄岩之前，我对黄岩其实可以说是毫无概念的。但家里人听说我要去黄岩，脱口而出：是要去吃蜜橘啊？我这才想起，对哦，黄岩蜜橘，这是我经常从网上买的水果啊。但源于我的无知，或者说是源于“黄岩”和“蜜橘”这两个字结合得过于天衣无缝，我竟然没意识到，黄岩是黄岩，蜜橘是蜜橘，其实黄岩还有别的产出，而蜜橘也还有别处的产地。但毫无疑问，“黄岩蜜橘”这个组合，才是最为深入人心的。

说到橘子，肯定是无数人从小见惯的朴素的水果，就像苹果、香蕉、梨一样。对我来说亦如此。小时候，家里后院有好多棵果树，最繁盛的时候，有两棵枇杷树，两棵石榴树，一棵番石榴树，还有一棵桃树。没有橘子树——说来奇怪，我小时候似乎没见过橘子树。但橘子是经常吃到的。

那时候，到了赶街的日子——离家近的有两处集市，五天里各有一天是“街子天”——爸妈从集市上回来，除了买回必需的新鲜猪肉啊，锅碗瓢盆之类的正主儿，还会顺带买些零食。我和弟弟听到阿爸的单车链条声出现在家门口——按理说，所有单车链条声都差不多，但我们那时候就是一下子能分辨出——单车后座边上挂着背篓或系着口袋，装着一大堆货物，我们跑上去，从中翻找属于我们的东西。一个橘子滚出来了，再翻，发现不止一个，而是一方便袋。我们将整整一方便袋橘子拎出来，解开袋子，搁在太阳底下。太阳亮晃晃照着，每一个橘子，都有着独属于自己的鲜亮光泽，寂静又生动，饱含着人世美好的甜。

橘子能保存挺久，这或许也是家里常买橘子的原因之一吧。记得有一年——也可能是好几年都如此——我和弟弟每天下午放学后要去村外拔草，喂养我们那几十只兔子。这么多兔子，每天要吃掉不少东西，我们每天下午都得出门两三小时拔草。村子外面，东西南北几个方向，我们是轮替着去的。出门时，我们总是一人带上一个橘子——只能带这么一个，那一方便袋橘子是要吃很多天的。出门后，我们并不会马上吃了橘子，总是要等到将草装满各自的小篮子了，背着满满当当的一篮子草，才会掏出各自携带的橘子来，心满意足地将橘子作为自己劳作的奖赏。

我们走在山岗上，满目是绿油油的小麦、黄灿灿的油菜花。用指甲破开橘子，将橘瓣表面的白丝仔细撕掉后，再一瓣一瓣慢慢吃——过了不知多少年，偶然听人说，其实这白丝是没必要撕的，吃了还对身体有好处。我倒不确定这对身体能有什么好处，但自从听了这话后，试了一下，发现这白丝撕与不撕，几乎吃不出什么区别。自那以后，我便再也懒得费那手脚了。

吃完橘子，橘皮一时半会儿是舍不得扔的。总要留着，留着能有什么用呢？对我们来说，实在也没多大用处，只是做了一时的玩物罢了——我们喜欢将橘皮对折了，表皮朝外，猛地挤一下。喷射出来的汁液，有一股特别的混杂着清香的刺激气味。我仔细观察过，这喷出来的汁液，是很细小的淡黄色的一线。如果是在冬夜，就着火塘吃橘子，有时忍不住要将橘瓣烤一烤，烤出一股怪味儿；更忍不住要将橘皮对准了火光，猛地一挤，火光突地一跳，稍待，便有一股暖热的烤糊了水果的气息弥散开。

橘皮真正派上用场，是在奶奶那儿。奶奶将橘皮收拢来，摊开在竹编的簸箕里，搁在太阳底下晒。不消几天，橘皮失去了几乎全部水分，蜷缩硬翘，色泽也变得暗淡。我总记得，奶奶蹲在大院子里，两只橘皮样苍老的手翻动着橘皮，哗啦哗啦哗啦，像是在检阅她的宝贝——这些橘皮，奶奶是要用来泡药酒的。至于有没有真泡成药酒，如今我却想不起来了，更不必说，那药酒的滋味，我自然是从未尝过——我不由得设想了一下，橘皮会在酒的苦和辣里，添进一丝甜的吧？

直到生命的最后年月，奶奶仍然珍惜着橘皮。我回家时，好多次拿了橘子去到她跟前，剥了橘子递给她，她下意识地撕掉一些橘瓣上的白丝，再将橘瓣塞进她只剩下两三颗牙的嘴里，干瘪的嘴如老牛反刍般运动着，靠牙床将橘瓣里的汁液挤压出来。这时候，她仍不忘叮嘱我，将橘皮给她。我将橘皮递给她，她便将橘皮攥在手里，一只手攥不住了，就用两只手，像是攥着她一生的宝贝。

——奶奶珍惜的又何止橘皮？其他的粮食和作物，她也一样这般珍惜。比如，每次我递给她切好的西瓜，她总是要啃尽全部的红色果肉才肯撒手。不舍得到近乎现出“贪婪”的模样，任凭我说多少次家里有很多，她也不听。奶奶不会知道，如今这些东西，已经没我小时候那么珍贵了，有时候，吃一个橘子，甚至不再是一种难得的享受，也不再有小时候那般滋味。对我们来说，只是觉得，为了身体好，要多吃点儿水果，所以，吃一个橘子。

奶奶也不会知道，家里新房三楼顶上就种着十多棵橘子树。种在木板搭的框里，矮矮的，每年都能结很多果子。这些橘子，不像我们小时候后院树上那些果子，成天被我们惦念着。这些橘子被人遗忘了似的，能一直留着，留到过年，等我和弟弟回去摘。

刚刚过去这一年，我和弟弟都没回家。新房三楼顶上的橘子一定留得更久了。而在刚刚过去的这一年九月，奶奶过世了，那些她珍惜过的东西，仍然留在这人世间，注定还会留很久很久。只是，它们似乎有些不一样了。

就在农历过年的前几天，我去了黄岩。刚下高铁，走出老高铁站（第二天，新高铁站第一天启用），我就开始想，这几天会吃到怎样的蜜橘呢？

我们去了蜜橘果园。每一棵蜜橘树，都是绿绿的一丛。我们在橘林中穿行，目光搜寻着橘子，然而，枝头空空荡荡。蜜橘已经采收完了。最终，我只发现了一个蜜橘，小小的，隐藏在无边的橘林里。在桥上拍了一张照片，在朋友圈发出来后，好多朋友竟然都发现了这独一无二的一个蜜橘。或许，我们都有这样一种潜意识：要在无尽的阴郁里，找寻一点儿亮色。

树上没有蜜橘了，它们被采摘、储存。几天行程里，我们吃了很多蜜橘。黄岩蜜橘，它的甜，以及“甜”这个字眼所不能包蕴的丰富滋味，更深地留在了我的味觉记忆里。

想起前年底写的一首小诗，题目叫作《桔子与桃子》（“桔”是“橘”的俗字，这首小诗只有用这个俗字才能够立）。且抄录于此：

“初冬应该吃什么水果？吃什么／都是把自然的一部分／据为已有。树木从大地里郁勃生长／光和雨露，风和冰雪／来过又走了。而柔软的花朵从坚硬的／枝干吐露。这些悄无声息的语言／是怎样摇动我们的内心？／脆弱而芬芳，缤纷而单纯／果实诞生于此，恒久诞生于易逝／这自然的一部分，途经怎样的风景／来到灯下，来到我们面前／静物，脱胎于人类长久的凝视／作为静物的果实，脱胎于自然长久的孕育／吃一个桔子，再吃一个桃子吧／在这初冬，无论“吉兆”与否／我们由此长成自然的一部分／孕育于黑暗的身体／诞生出光明的思想。”

初冬已过，如今是春天了。不知黄岩蜜橘林里，橘树们开花了没有？想必一年一年不断开花结果的黄岩蜜橘，定会碰到一年一年不断出生成长的年轻人，古老而新鲜的滋味，将潜入他们的味蕾，刻进他们的岁月，在未来成为独属于他们的、有关食物的恒久记忆。

何婉玲

何婉玲，浙江省作家协会会员。个人出版书籍《山野的日常》，联合出版书籍《这是我想过的日子》《名白去修行》《唯食物可慰藉》《山野民宿：从山中来》《山野民宿：到山中去》等。作品《母亲的早餐铺子》被CCTV10科教频道《读书》栏目选播、由主持人李潘朗读。

九峰读书图

红茶温润，将雨天潮湿的水汽压了一压。鸟鸣啁啾，草木繁滋，身后细竹潇潇，斜向着潭面，真有点山馆读书的味道。

我和臬臬共撑一把明黄大伞，沿着九峰公园长满苔藓的小径慢慢行走，那些厚厚的苔藓从地上一路爬到了古老的树干上。不远处的九峰山秀而雄壮，青烟腾腾，山林中闪过肩挑水桶急急去山中汲水的行人背影。

我和臬臬因黄岩朵云书院相识，我俩都是爱书店之人，年龄大体相近。她家住九峰公园附近，便相约午后一同在公园中走了走。

你看，这条道上是一排古桂花树，这些桂树树龄都在百年以上。她说，公园里的九峰书院，现在是黄岩区图书馆，庭院布置，古朴静谧，很适宜读书。

空气中飘来泥土和树林的湿润气息，与志趣相投之人一起，如此从容地闲谈着，便觉得有一种怡然之乐。

清同治八年（1869），黄岩知县孙憙改建九峰寺僧舍为九峰书院。清光绪年间，九峰书院扩建为县学，为区域最高学府，不少有学问之人在此弘扬学风，研讨学术。

九峰公园中古木缭绕，景致怡人，林中有一座染了绿色的石亭，为“红枫亭”。秋日枫树红遍，别有一番景致。

大约是有了历史，在园中见到的亭台楼院都有一种清静无缚的古朴之趣。又闻鸟鸣，便觉有偷得浮生半日闲之乐。

今年不少人热衷寻一公园草坪，撑上一天幕，铺开蛋卷桌子，置上两张帆布椅，带着茶具或咖啡壶户外饮之。到了九峰公园，我觉得不用如此麻烦，随意择一凉亭，或是石桌，亭下溪水清流，周边枫树蓊蓊，带上热水和壶具煮茶煮咖啡，更有野趣和古意。

公园过山车旁的板栗树刚开了板栗花。

没想到这里种了这么多板栗树。

都是野生的板栗，秋天板栗落了下来，能捡上许多颗。

又是这般聊着。

九峰公园有很多玩法，到了冬日，有报春园可赏古桩老梅，姿态斜逸。

我觉得夜赏梅花好，月色朦胧之下，踏月潜行，梅香暗送，想想都清静可人。

九峰公园是一个市区公园。如此聊下去，愈发让我羡慕起家住附近不断向我娓娓道来的袅袅了。

漫步林中深处，见瑞隆感应塔，又见一桃花潭茶楼，想起宋画里的场景，也是这般水绕庭院，台阶上生凉气，树木奇高，奇绿，夏日幽幽，柏树森森。

《徒然草》中，吉田兼好记录着天朗气清的一日，他漫步路过一户人家，见到庭院深深，地上铺满了落花，忍不住悄悄走了进去。只见朝东的对开式侧门恰到好处地半开着，透过门帘的残破处，看到屋里有一位二十来岁、丰神俊朗的男子，正气定神闲、沉静优雅地坐在桌前读书。便忍不住想，啊，这是怎样的人物啊！真想上前去结识一番。

走在九峰公园中，那些在古木掩映之中露出的翘角飞檐，那些种着细竹的小小园林，那些半开着的木格窗户，也会让我好奇地想，在过去的这样一个日子里，这窗里是否也坐着一位二十来岁、丰神俊朗的男子，正气定神闲、浑然忘我地读着书？要是能结识一下该有多好！

但如何能回到过去呢？

虽回不到过去，但想着我们同处于一个书院，虽时空相隔，不能交谈，但在同一片树荫之下，同一片细竹之旁，仍有一种奇异的亲近感。

想起故宫博物院所藏的南宋刘松年《山馆读书图》，画中一书生斜坐桌前读书，一只手抚书，另一只手自然地内勾于桌侧。桌上有一香炉。山馆三面大门敞开，更似一座山阁，四处松柏荫荫，一派天然清凉宁静。

此地此景，与画中所绘何其相似！

于是我走进了园中的桃花潭茶楼。

茶馆先生推荐喝红茶，傍晚喝红茶不会让人睡不着，孩子也能喝一些。

这个季节没有桃花春红，紫色的梭鱼草静静开在水边。

我们多人坐着，但是互不干扰。茶水一杯一杯喝，荫翳之中，我掏出了在朵云书院新买的朋友之书。

红茶温润，将雨天潮湿的水汽压了一压。鸟鸣啁啾，草木繁滋，身后细竹潇潇，斜向着潭面，真有点山馆读书的味道。

走时，袅袅向我介绍起九峰公园老门处一口至今仍被使用着的宋朝古井——铁米筛井。四方井口，石条井栏，我一时兴起，非要打一桶水回去。没有带桶来，袅袅便从家里拿了一个空桶。

井水幽蓝，井栏草绿意浓浓，井边提水人络绎不绝。两个孩子垂下铝制水桶，左右摇晃之，用力牵拉粗棉绳，一桶一桶提出井中之水。

回家后几日，我时不时会烧上九峰的井水，泡茶喝。

月夜之下，独坐室内，回翻起袅袅发给我的《九峰文化》一文，文中附有一幅晚清画家蒲华所绘的《九峰读书图》，画中书院背依青山，院旁古松带风，用笔粗犷恣意，如疾风骤雨，充满野趣。此画现藏于临海博物馆内。

复又想念起那一日山馆读书之清凉与幽静，虽身不再往，但心中时有画面浮现，想起林中建筑精致，想起两人慢慢前行，也觉得饶有趣味。

好景并不需要时时沉溺，就像好友，也不一定非要时时见之，因有想念，情谊更长。

三杯酒

远处城市的灯火，碎烟花般落进银灰色的江水里。晚风吹来，醺而不醉，拂到脸上，清凉凉的，是春的味道。

在黄岩的永宁江边喝到一壶黄岩的酒，酒是20年的陈酒，用青瓷酒瓶盛着，典雅静气。20年陈的白酒喝下去，初时不觉浓烈，可绵绵柔柔的后劲中，仿若暗藏一种力量，不自觉地令人生出许多倾诉的欲望。

你且听我说，我想将我的第一杯酒，敬给南宋的严蕊。

我在凤洋村的黄岩名人馆中，看到了很多黄岩名人，南宋第一贤相杜范、史学家赵师渊、布衣爱国诗人戴复古、保境安民的方国珍等等，一个个名字，一幅幅画像，罗列于墙，我唯独在严蕊的那幅画像前站了许久。

严蕊为南宋女词人。她的一张侧脸对着我，她的发髻扎得有些松散，发丝细密而黑，黛眉如柳。她的神情有些淡漠，发上那朵净白朴素的花，更显其清丽姿色。我喜欢面容温和但性格刚硬的女子，这样的女子有说不尽的味道。

看板上简单的线笔勾画，已然能窥出她的倾城之貌。严蕊原姓周，字幼芳，他的父亲做过小官吏，因遭人诬陷，屈死狱中。严蕊没籍为奴，沦为了官伎。

这样一个女子，因为经历过人生变故，更能通达人情。她善解人意，从小学会了迎合，善书画、精歌舞、懂丝竹、能诗书、通古今，实乃一绝世妙人。一时四方惊动，慕名来看她的人络绎不绝。

台州太守唐仲友赏识她，常与她诗词唱酬。春天的一场宴请，唐仲友请来严蕊佐酒助兴，席间桃柳芬芳，严蕊即兴填《如梦令》词一首："道是梨花不是，道是杏花不是。白白与红红，别是东风情味。曾记，曾记，人在武陵微醉。"

不是梨花，不是杏花，白白与红红，道是什么花？全诗不着一个"桃"字，却句句在讲桃花。这样的女子多可爱，活泼俏皮，又有才情，不可多得。太守唐仲友大为赞赏。

时任浙东常平使的朱熹与唐仲友因学派之争，见唐仲友与严蕊走得亲近，便借"居官不存政体，亵昵倡流，有伤风化"为罪名之一弹劾唐仲友，并将严蕊投入狱中，严刑逼供，要她承认与唐仲友的不当之行。她想起她被诬陷而死的父亲。她并不声辩，只是平静而坚定地自述，与太守唐仲友只有宴乐应酬，诗词唱和，并无淫乱奸情。备受酷刑，也不诬陷他人。人们在这小小的女子身上，看到了柔弱背后的不屈，以及忠肝义胆的侠气。

淳熙九年（1182），浙东提点刑狱岳霖了解了这件事情的始末，有感严蕊的凛然，看到尊严和气节给予一个人的强大力量，便将严蕊释放，并判其从良。

问其归宿。严蕊作《卜算子》一首：“不是爱风尘，似被前缘误。花落花开自有时，总赖东君主。　　去也终须去，住也如何住！若得山花插满头，莫问奴归处。”不要问我去哪里，她说，她只想过简单而自由的生活。

再来说第二杯酒，我要敬给夜晚的永宁江。

晚上，我们缓缓走过永宁江上的彩虹桥。我将身子探出桥栏，看到江面上细细的水纹，弹出无数片小小的银色鱼鳞光。

我又想起了南宋。金人南侵，宋高宗赵构一路南逃，逃到了海上。避难台州章安之时，正是元宵节，本是个热闹日子，他却只能苍茫茫行驶在没有前路的海上。惆怅沮丧之时，突然看到两艘橘船乘风顺流而下，赵构大喜。橘者，吉也。这真是个好兆头。赵构命人买下整船橘子，又与众人食橘瓤，取橘皮为碗，贮油橘碗中，点亮橘灯，一盏一盏放于海上。逃难中的赵构竟转危为安。从此，人们相信，放橘灯寓意吉祥。

元宵节那天晚上，我们也可以来永宁江放一盏小橘灯，像几百年前南宋的那个夜晚一样，看江面上数不尽的小橘灯，逶迤成一条橙色星河。

元宵夜的永宁江一定很热闹，大家站在江边，许下心愿，直至星星点点的橘色光亮渐行渐远，灯火阑珊，才渐渐散去。

我们还可以在永宁江边喝一杯黄岩的酒。不去什么餐厅，就在江边席地盘腿而坐，带一份柠檬鸡爪和一份松子虾皮，然后小口小口地举杯对饮。

冬日的黄岩并没有想象中冷，茶梅花开了，落了满地粉色花瓣；水杉树稀稀落落的羽状红叶，像寒风中蓬松起来的小鸟羽毛；冬天开的四季桂，没有任何侵略性的香气，你得把鼻子凑得很近，才能闻到那缕淡淡的桂香。

远处城市的灯火，碎烟花般落进银灰色的江水里。晚风吹来，醺而不醉，拂到脸上，清凉凉的，是春的味道。

第三杯酒，我要敬给一块水晶璧，一块静静躺在黄岩博物馆玻璃柜里的水晶璧。

那天，我透过玻璃柜子看到它，惊得说不出话来。没有人相信它是一块800年前的水晶璧。800年前的水晶璧，怎会如此精妙，如此洁净，如此光亮，好似不属于这个世界一样。大素、大简、大雅、时尚，体现了南宋高雅的审美情趣。

黄岩博物馆的馆长罗永华说，这件水晶璧是天然水晶做成的。2016年5月，他看着它从赵伯澐的棺木中发掘出来。

我痴痴盯着水晶璧，它被谁打造？它的主人何种性情？它能否感应到光阴？我们对过去充满好奇，就像过去的人们对未来充满好奇。这一块透明无瑕的水晶璧，一瞬间，让过去和未来在时空上相遇。

如果可以穿越到古代，我希望回到那个风雅的宋代，回到南宋的黄岩，去看看这块水晶璧的主人——赵匡胤七世孙赵伯澐，走进他的府邸，看玉光杯，看游龙舞，看宋服的广衣宽袖；我想和他喝一杯酒，然后告诉他，如果要穿越到未来，我所处的这个时代一定是最好的时代。

你看，他果然带着行囊而来，带着他珍藏已久的南唐投龙玉璧，带着他的水晶璧，带着他的交领莲花纹亮地纱袍和对襟双蝶串枝菊花纹绫衫。赵伯澐一定是个爱美的男子吧，他带了70多件丝绸服饰，这些服饰保存完好令人惊奇，实乃“宋服之冠”。他衣袖翩翩，徐步走来，淡黄色的丝质衣衫儒雅飘逸，腰间佩戴的正是这块剔透玲珑的水晶璧。

喝了三杯酒，我已微醉。絮絮叨叨说了这么久，我该回去了。走的时候，我把酒瓶抱回家，放在家中书架上，插上一枝红山茶。

看着酒瓶，想起严蕊那句：“曾记，曾记，人在武陵微醉。”

这里真安静

我们在村庄中走，山色、天色、微风、细雨，都像水一样清。

宁溪镇的乌岩头村有一座桥，确切地说是两座桥，一座石板桥，连着一座石拱桥。两座清朝的古桥，相依相偎，从未分离。一条清澈的小溪，从两座桥底穿过。

沿着溪边的青石板路走，可见一块乌黑巨石静卧溪畔。乌岩头村这个名字，便源于这块乌石。乌石边上有一棵古木，原先还有一株斜斜的紫花泡桐树，每年春天繁花似锦，可惜在“利奇马”台风来的那年，不幸折殒。

我们在村庄中走，山色、天色、微风、细雨，都像水一样清。只是我们的脚步太快了，快得好似对这个村庄充满不敬。

我有些自责，这个上午，我去了白鹭湾，看了岭根村，现在又走到了乌岩头村，我应该慢下来的，只有慢下来，才能看清这个镇子的整段岁月。

宁溪镇这个地方很有意思，它吸引过很多人来，很多有意思的人到了这个地方，就想一次次再来，直至把它当作自己的第二故乡。

真是神奇，你只要在它的土地上走过，就会想要留下来。

宁溪镇年轻的童书记告诉我，有一位科学家，名叫田生科，村里人称呼他为“田里生的科学家”。你经常能在岭根村的柑橘科创园里见到他。

这位科学家长得不像科学家，头戴宽沿帽，胡子拉碴，穿着泛出白盐花的蓝衬衫，大日头底下驾驶着挖掘机开辟果园。

田生科是浙江大学环境与资源学院的博士生导师。他种橘树，先让地里长一年野草；他种橘子，有很多新方法，物联网、限根栽培、设施农业、水肥一体……这些名词，连种了几十年橘子的老果农都听不懂，老果农们只是感叹：“在田里种橘子的田教授，种出的橘子确实甜。”

还有一位教授，是上海同济大学建筑与城市规划学院的杨贵庆教授。2012年，他带领团队来到了乌岩头村，开始了乌岩头村的美丽乡村建设，一干就是十年。有趣的是，这个杨教授和在田里开挖掘机的田教授一样，看起来并不像教授。“花白的头发，灰色的上衣，黑色的裤子，一双鞋子沾满泥土”，这是村里的工匠老王说的。

杨教授看起来更像乌岩头村的村民。

宁溪镇的土地有魔力，能让人变得更接“地气”。背着布包，拿着竹杖，脚步踏遍村庄每一个角落的杨教授，经常长时间地注视着一堵墙，一棵树，一条湿漉漉的石子路，你以为他在看风景，其实他在脑中构想着一幅乌岩头村未来的蓝图。

村庄在他的设计与规划之下，一日日变得美好。110幢清代和民国的老房子被保护下来，获得重生。那些古老的石头房子，那些木头窗户，那些新铺的灰色瓦片，在葱茏的香樟和新生的绿竹之下，构成一卷静谧的世外桃源山水画。

一座村庄的美竟然可以美得如此不动声色，美得如此浑然天成，美得如此摄人心魂。

这样的乌岩头村，让人有了山居之想。

到了春天，我们可以来村里住一夜。早上起来，鸡鸣交错，虫声醒耳，梨花开满枝头；到了晚上，灶膛噼啪，米饭喷香，我们可以和村民喝一杯宁溪镇的酒，然后聊聊天。我们不谈过去，也不谈未来，只谈当下的一杯酒。

你要是来乌岩头村，记得一定吃一份当地的上汤螺蛳。

我吃过酱爆螺蛳，吃过紫苏螺蛳，可却被乌岩头村的一碗上汤螺蛳俘获了去。螺肉紧实，乳白的螺蛳汤，鲜、咸、辛、香，我舀了一勺又一勺。乌岩头村的螺蛳汤不输老母鸡汤，也不输水库的鱼头汤。

为了这一碗上汤螺蛳，我愿意留下来，像在田里种橘树的田教授一样，像在乌岩头村做建筑设计的杨教授一样，虽然我的学识没有他们高，但是我可以写，勤奋地写，带着我的相机、带着我的本子、带着我的布包。我要像杨教授一样，走遍乌岩头村的每一个角落。我可以写下乌岩头村的四季，我要歌颂一棵梨树、一朵橘花，歌唱一柄斧头、一段篱笆。我要带我的家人来，带我的朋友来，若是每年都来，写上十年，乌岩头村也将成为我的故乡之一。

你看，一月的乌岩头村，水碧，山青，一派天真。

离开的时候，院子里的茶梅又落了几朵。

这里可真安静啊。

听听山间的鸣唱

雨水落在大大小小的叶子上，如蟹爬沙。躺在房间的床上，听着门外呱呱、啪嗒、唧唧的青蛙及虫子叫声，你会发现，自然界的啼叫充满了治愈的力量。

1

花语堂民宿在黄岩沙埠镇横溪村佛岭水库边。

山里的雨时大时小，下得水库都冒起了青烟，起了青烟的还有水库边的山峦，那青烟似的云雾一直盘桓在山顶。

花语堂木门上开着风车茉莉，香气蘸满水汽，带来了初夏清凉。

走入大厅，正对门的书架上摆了三层书，书籍可以与黄岩区图书馆通借通还，我抽出一本汪曾祺的《万物有时》，坐在长条木桌旁读了起来。

青蛙在叫，布谷鸟也在叫，雨中绣球花——粉色的雪球，蓝色的无尽夏，无尽地欢乐着。透过窗边垂下的草帘栊看到了庭中湿滑的石砖及一棵伞状的鸡爪槭树，颇有庭院寂静之味，觉得这样一个下着雨的午后，竟是无比闲然自在。

花语堂主人徐智莲从餐厅走出来，看到我说，她也很喜欢汪曾祺的文字。

徐智莲刚从西藏回来。她在西藏旅行了半个月。

“你心可真大，一去就半个月。”连管家都这样说她。

“忙了一段时间，就想出去看看，这是一种调节。”

就像客人们从全国各地来到黄岩这个地方，住进花语堂民宿一样，她也想要去远方，去住不同的房间。

西藏一直是梦想中的圣地。那高耸的雪山，终日覆盖着白雪，那里的蓝天很蓝，那里的人们纯朴，所有一切都无比纯净圣洁，那里有着与江南绿水青山完全不同的自然景象。

环湖穿越扎日南木措至当惹雍措的路上，徐智莲与她先生遇到了另外两辆车子。来自广东、福建、四川、浙江等天南地北的陌生人，很快融在一起，搭伙同游。

她想起王小波说过的一段话：我来这个世界，不是为了繁衍后代，而是来看花怎么开，水怎么流，太阳怎么升起，夕阳何时落下。我活在世上，无非想要明白些道理，遇见些有趣的事。生命是场偶然，我在其中寻找因果。

遇见有趣的人，经历难忘的事。这才是旅行的意义。

住在扎那的酒店，徐智莲早上起来用餐，看到餐厅台子上摆着电手柄锅，边上放着生鸡蛋，想要吃鸡蛋，得自己煎。

真有意思。她想，花语堂是不是也能这样尝试。

民宿客人起床时间不一致，有的七点就来用餐了，有的要到九点。民宿本来就是一个让大家体验生活的地方，是否也可以用这样的形式，让客人们自己动手煎个鸡蛋，现做现吃，任何时候都能吃到热腾腾的鸡蛋？

真是职业习惯，到哪儿都想着民宿。

最近来的客人，看到她的朋友圈，都会忍不住凑上来问：你去西藏了？你去西藏了？每个人都这样问。她说，这几日忙，等稍微空了，做一套攻略，分享给大家。也有人问，疫情期间出去不害怕吗？她说，西藏其实很安全，何况在当地三天一次核酸检测，做好防护，不必太担心。

每年都会有这样的两次长途旅行。去年去了青海和吉林长白山。经过这么一段行走，人生又充满了新意和力量，回来后更能全心投入工作中。

远方，总有一股神奇力量，吸引她出去看一看。

2

回来后每天都在忙碌。今日餐厅定了三桌，明日一桌，后日十一桌，餐饮与草坪活动，填补了民宿经营淡季的不平衡，让花语堂每日都处于营业状态。

花语堂有一片绿茵茵的大草坪，衬着伟岸而高耸的青山，充满郊野之味。

阴雨天的云雾从山顶逃逸下来。

多美的一幅画面。

就是这片绝美草坪，吸引了人们过来露营，举办婚礼、同学会、生日派对、节日聚会。

在花语堂举办婚礼，何其浪漫：新娘穿着白色婚纱，穿越一片鲜花和绿地，满院子青草气息，到处花团锦簇。微风、阳光、气球、青山，天空蓝得出奇，如童话一样美妙。

花语堂四季皆美。那是因为这里有一群爱花的人。

徐智莲的爸爸就特别喜欢养花，他喜欢三角梅，总想在院子里种好三角梅，可无论怎么努力，也养不好。黄岩市区的三角梅能开出繁茂花朵，但到了山里，因为夜里温度要比市区低上那么几度，温差一大，三角梅就开不好花。不断修剪，刚长了新芽，又遭遇冷冻。没能种成三角梅，终究有些遗憾。

蔷薇也不那么好种，娇气，病虫害多。什么地方适合种什么花，得顺其自然。风车茉莉就很好养，围墙外还种了一排香水茉莉，香水茉莉春天开花，黄灿灿一大片，金色瀑布一般。

夜里进门，我闻到了矮墙下栀子花的香气。

住在山里，总叫人觉得舒服，即便没太多事，未看太多风景，闻闻花香，也好似度过了一个完美假期。

3

晚上在花语堂吃水库鱼头，用泡椒红烧。我竟然将鱼头上每一块骨头都吮了一遍，那汤汁鲜辣，那肉质腴嫩，鲜辣腴嫩中又有一丝可供回味的甜，让人欲罢不能。

沙埠镇的手工年糕也是当地特色，它不像市场中买来的年糕那样切成扁窄形，而是粗圆状，软到用手一捏，能像橡皮泥似的陷进去。年糕切大段，蘸红糖，甜糯，蘸鱼汤，鲜香。

手工的食物有一种无可挑剔的让人感动的好。

沙埠镇还有一道美食，叫“锅二羹”，也称“乌二羹”。“二”指的是过去这道菜大年初一开始炖煮，要到初二才能吃到，又指食材里猪脚、豆腐这两样主材。“锅二羹”中除了猪脚、豆腐，还有芋头、白萝卜。沙埠镇这个地方的砂质土壤，特别适合种植块茎类植物，所以沙埠芋头、白萝卜味道也特别甜一些。

“黄岩人叫沙埠芋头为芋头娘，芋头娘是大芋头。”她补充道。

吃完晚饭，我走了走民宿边水库上的栈道，此时不是丰水期，水库水位不高。栈道一边种着水杉，另一边种着松树，此时都绿意葱葱。到了秋天，水库边的水杉会转为一种非常好看的棕红色，像红霞一样绚烂。

入夜，山色、水色、天色融为一体，那七八点就沉寂得恍如隔世的夜晚，让人疑惑，山里的夜晚怎会如此漫长？腾腾腾从哪里冒出这么多时间？

这时一定要把手机扔得远远的，听听山间自然的鸣响。

雨水落在大大小小的叶子上，如蟹爬沙。躺在房间的床上，听着门外呱呱、啪嗒、唧唧的青蛙及虫子叫声，你会发现，自然界的啼叫充满了治愈的力量。

夜雨中飘来风车茉莉的清香，它们在夜晚努力扇动小风车，制造出源源不断的香气，让那些从城里远道而来的人们，有了一个清凉的夜晚，有了一个舒适的好梦。

松庐

松庐，本名梁海刚，1974年出生于浙江温岭，就学于杭州大学法律系，现在丽水松阳工作。深研地方历史文化，爱好中国古典诗词与西方古典音乐，近年发表相关作品若干。

江南有丹橘

以桃李的阳艳喧闹，反衬丹橘的寂寞高洁，冷然一问，正可见出失意寒士的本色——悲愤之中的强项不屈。

1

《唐诗三百首》首篇便是张九龄的《感遇》二首，对此历来众说纷纭。或曰应循唐诗演进，选取初唐四杰开篇，又云编排既不按时序，何不径选唐诗巅峰李杜？若欲究源穷理，还得从编选者蘅塘退士说起。蘅塘退士孙洙，清康乾年间无锡人氏，平生三为县令，间又屡任学官，素以淳德教化为己任，平生夙愿为万千蒙童编选一部纯正唐诗读本。

自宋以来，长期存在唐宋诗之争，钱钟书先生曾有断语：“唐诗多以丰神情韵擅长，宋诗多以筋骨思理见胜。”可见，两者之争，并不是简单的时期之分，更是体调与风格的区别。孙洙所处之时，诗学繁昌，唐诗派的王士祯神韵说、沈德潜格调说先后主盟坛坫，而宋诗派的袁枚性灵说、翁方纲肌理说也已萌生，唐宋诗之争日趋激烈。作为唐诗派坚定拥趸的孙洙，深受神韵说影响，以盛唐诗为宗，多选空灵超逸之作，且以温柔敦厚的诗教为大归。由此，开创盛唐之音的诗坛宗主、诗风以清淡雅正见长的张九龄率先开篇，便是情理中事了。

张九龄，字子寿，先祖于永嘉南渡迁至广东韶州曲江。张九龄是开元全盛期最后一位名相，也是历史上首位岭南籍宰相。他位居枢衡，道德、文章、才识兼备，尤以"直气鲠辞" 的曲江风度为世所重。在他身后，每有荐相人选，玄宗总问"风度得如九龄否"。王维曾献诗称颂："侧闻大君子，安问党与仇。所不卖公器，动为苍生谋。"对张九龄钦佩不已。杜甫晚年作《八哀诗》叹旧怀贤，组诗末篇即为感念张九龄，"诗罢地有余，篇终语清省""乃知君子心，用才文章境"，对张的人品和诗才敬崇备至。

张九龄的诗文直写胸臆，融情入景，去繁彩而存绮秀，集兼济与独善于一身，充盈着盛唐独有的"英特越逸之气"。他的诗作以五言为主，清远秀拔，细品如玉磬含风，高韵逸响，非惟隽婉，且见神骨，看似质朴浑成，实则思深力遒。胡应麟《诗薮》评曰："独曲江诸作，含清拔于绮绘之中，寓神俊于庄严之内。"

张九龄一生宦海浮沉，三起三落。开元二十四年（736），58 岁的张九龄遭李林甫、牛仙客等门阀权要攻讦而罢相，次年贬荆州长史。谪居期间，张九龄不胜慨叹，托物寓意，写下五言古诗《感遇》十二首。选入《唐诗三百首》之其一：“兰叶春葳蕤，桂华秋皎洁。欣欣此生意，自尔为佳节。谁知林栖者，闻风坐相悦。草木有本心，何求美人折。” 以春兰秋桂的丰茸皎洁自喻，自生自荣，不为物染，全诗哀而不怨，散淡道来而余音枨触不尽。第二首为《感遇》之七：“江南有丹橘，经冬犹绿林。岂伊地气暖，自有岁寒心。可以荐嘉客，奈何阻重深。运命唯所遇，循环不可寻。徒言树桃李，此木岂无阴。”前四句咏橘见志，“岁寒心”直抵诗旨所在。五、六两句侧写丹橘虽美却进献无门，自述怀才不遇、佞小蔽贤。七、八两句感叹天意难问、命运多舛。结尾两句最是绝妙，以桃李的阳艳喧闹，反衬丹橘的寂寞高洁，冷然一问，正可见出失意寒士的本色——悲愤之中的强项不屈。

张九龄诗作选入《唐诗三百首》之中的，还有一首五言律诗《望月怀远》：“海上生明月，天涯共此时。情人怨遥夜，竟夕起相思。灭烛怜光满，披衣觉露滋。不堪盈手赠，还寝梦佳期。”此诗脍炙人口，历来家弦户诵，多被认为是张九龄早年游宦羁旅所作，而高步瀛《唐宋诗举要》则言作于荆州，意以芳草美人之情比忠贤去国之思。此说是否附会，也就见仁见智了。

张九龄贬居的荆楚之地，正是昔日屈子行吟之处。屈原《九章》其八《橘颂》：“后皇嘉树，橘徕服兮；受命不迁，生南国兮。深固难徙，更壹志兮；绿叶素荣，纷其可喜兮！”此为诗史“咏物之祖”，诗人讴歌橘树的独立不迁、坚贞不移，自抒其志。

千年之后，张九龄在此地写下“江南有丹橘”篇，当是触景伤情，赋诗明志以法前贤。刘熙载在《艺概》中辨析张九龄与陈子昂的《感遇》诗，谓“曲江之《感遇》出于《骚》，射洪之《感遇》出于《庄》，缠绵超旷，各有所至”，点明了张九龄与屈原之间的渊源。一株丹橘，一样情愫，留下了两首千古名篇，是为丹橘之幸，抑或诗家之不幸？

2

“洞庭橘树笼烟碧，洞庭波月连沙白”，荆楚故地洞庭湖一带，有着悠久的种橘历史。此地出产的橘果，与太湖东西洞庭山所出柑橘，皆称洞庭橘，自古以贡果闻名于世。

到了唐代，温台所出的柑橘因品质超众而大受青睐，乾宁四年（897）始作为贡品进献，《新唐书·地理志》便有台州土贡乳柑的记述。南宋定都临安后，台州立为辅郡，台橘厥包锡贡。“一从温台包贡后，洞庭罗浮俱避席”，这是绍兴年间曾惇任台州知府时留下的诗句。“千艘飞过石头城，猎猎黄旗发鼓声。中使面前传令急，江南十月进香橙。”这首明代的《舶上谣》，生动摹写了贡橘发运时的场景。作者王弼，黄岩南门人，曾任福建兴化知府，时人誉其“诗才吏治，并称卓越”。诗中石头城，正是当时的黄岩城。

橘乡黄岩地处温台山海之间，以东汉真人王方平在县西黄岩山修道成仙得名。境内九曲澄江如练，夹岸橘林似锦，从断江至方山下，自古遍植橘树。“有林皆橘树，无水不荷花”，这联诗句，出自南宋事功学派集大成者叶适，水心先生与黄岩渊源极深，当是永宁江两岸风物的绝佳写照。

关于黄岩柑橘的最早记录，始见于三国吴丹阳太守沈莹《临海水土异物志》："鸡橘子，大如指，味甘，永宁界中有之。"《嘉定赤城志》是现存世最早的台州总志，主纂为叶适大弟子陈耆卿，其中风土门土产果之属收录了橘、金柑、橙、朱栾、柚，橘有榻橘、绿橘、乳橘、朱橘等种，橙有青橙、绉橙、香绵橙等种。名将韩世忠之子韩彦直任温州知府时，首编柑橘专著《橘录》，对温橘最为推重。此书传播甚广，黄岩清阳（今路桥清陶）人陶宗仪著《说郛》曾有引用。《全芳备祖》被誉为世界最早的植物学辞典，也录有《橘录》，录后加评："韩但知乳橘出于泥山，独不知出于天台之黄岩也。出于泥山者固奇也，出于黄岩者，尤天下之奇也"，并注"陈肥遯识"。据考，《全芳备祖》编著者陈咏，字景沂，号肥遯子，为黄岩泾岙（今温岭晋岙）人氏。到了元代，其同乡林昉在《柑子记》中称："当是时，台之乳柑遂为天下果实第一。虽练紫之香、含消之爽，亦在下陈，况洞庭千头之绿与永嘉数寸之黄者乎!"

《柑子记》还记载宋理宗立天台谢道清为后，谢后进台柑，"上手搦其皮，香雾溅酒面，凝而为乳，故曰乳柑"。台橘的香雾，历来为本地文人骚客所津津乐道。"剖剥喷香雾，入口甘琼浆。琼浆未云贵，所贵乡味长。""擘橘香人雾，酿蔗冷浸醇。""醉蟹凝胶腻，香柑噀雾新。"这些诗句，描绘了台橘香雾之奇，兼带道出了台地风物之美。"香雾噀人惊半破，清泉流齿怯初尝。吴姬三日手尤香。"莫非东坡先生在写下这阕《浣溪沙·乳橘》时，剥开的正是台州乳柑？

黄宗羲客居黄岩时，对当地风物印象颇深，作《寓黄岩》诗，中二联为："朱栾山客饷，方物野僧遗。寸酒成红曲，山肴脯柿狸。"徐霞客游雁荡经黄岩，题句"未解新禾何早发，始知名橘须高培"，见识了滨海斥卤之地筑墩栽橘的习俗。而让范成大最为牵挂的，却是来自黄岩海边的咸鱼。"截玉凝膏腻白，点酥粘粟轻红。千里来从何处？想看舶浪帆风。"（《从圣集乞黄岩鱼鲊》）石湖这首六言诗，充满了山海之气。

"俗子避形影，僧家共往还。高谈犯时忌，妙语发天悭。霜后思新橘，梦中归故山。何时免奔走，终老白云关。"这是江湖诗人戴复古的怀乡诗，诗题甚长：《海陵光孝长老骥无称，山谷后也，共谈时事，且说黄岩柑橘之美》。与人言及故乡风物，即生归乡之意，此情此景，古今皆同。近人陈叔亮有句："闻道故乡新橘熟，昨宵飞梦到台州。"秋风江南，竟起莼鲈之思，而荷枯菊残之际，最能勾起台州游子心底那缕乡愁的，却是这颗颗丹橘的酸甜滋味。

3

"十里富庶地，澄南梅橘源"，黄岩城南一带，蜜橘与梅花自古称盛。从方山下至澄江两岸，橘林遍野，物华天宝，为中华柑橘的主要起源地。台温古驿道经此处，沿途梅林十里。《黄岩县志》载："宋时方山下有亭，自南郊至十里铺，夹现梅花，相续不断，所谓十里早春也。”戴复古有诗记之：“十里梅花生眼底，九峰山色满胸中。”据传，南宋状元王十朋每从雁荡离家赴临安，必留宿梅花亭，与当地诗友赵十朋叙旧酣饮。“梅花十里眼，竹叶一杯肠”“客来一局三杯酒，王十朋如赵十朋”，留下一段千古佳话。

斗转星移，沧海桑田，十里梅廊今已难觅踪迹，黄岩蜜橘也几经盛衰。近年，当地疏凿芜秽，重振贡橘园。尤为可喜的是，整修荒园时，意外重现三株百年老橘树，根虬干曲，枝繁叶茂，入秋挂果累累，全不见老态，遂名之“橘三仙”，是为镇园之宝。

清明已过三春候，谷雨初晴四月天。此时，徜徉于贡橘园，眼前繁星点点，橘花已渐次绽放。“路上绿荫春未已，细花如雪惹衣裳”，信步栈道之上，不知不觉已入橘林深处。临近向阳高处，有一丛橘树早发将谢，枝头尚留浅花数朵，同行某君低吟晏几道《鹧鸪天》“绿橘梢头几点春，似留香蕊送行人”，甚是应景。

路转溪头，忽现两层别致小阁，题额“贡橘舫”，楹联手书“一年好景君记橙黄橘绿；四季芳踪缘是春华秋实”，落款“添秋”。“添秋”者，同济大学规划系主任杨贵庆教授也，此园壁画、设计皆出其手。杨教授扎根黄岩乡建十年，足迹遍及山川乡野，乡民尊称“布袋教授”，其心其迹正合屈子《橘颂》之受命不迁，何等可贵！何其可庆！

兴之所至，登阁眺远，恰如橘海行舟，绿波翻浪，一片生机勃勃。时有微风掠过，阵阵橘香浮动，清雅甘甜，气韵悠长，令人心旷神怡，小立片刻，已陶然忘机。曾读潘岳《橘赋》，开篇云：“嗟嘉卉之芳华，信氤氲而芬馥。”今日尽得其妙，不亦快哉！

橘园南北，各有一低缓小丘。其北者，鼎鼎大名的委羽山，道家第二洞天“大有空明之天”在焉，东行两百步，即至第四福地东仙源。洞天福地合于一处，世所罕有。

其南者为土屿山，当地也有不少神奇传说。土屿原名鼓屿，又称土鼓屿。光绪《黄岩县志》载：“土鼓屿在县南十二里，状如覆缶，登者以足踢之，则有声如鼓。”山前有张姓族人聚居，现存祖宅数进，台门石刻一副楹联：“泽沛曲江累世家传金鉴录；地惭仁里满门春霭玉珂声。”询之当地耆老，言先祖乃张九龄胞弟九皋，后人辗转迁徙，宋时由永嘉来此，见此地“山围百嘉，水环九曲”，遂定居繁衍生息。千百年来，土屿张氏椒衍瓜绵，耕读传家，历代文士名人辈出。闻毕其言，不禁愕然，让曲江后裔守望满园丹橘，如此天缘奇遇，究竟是巧合还是造化？

遥想张公当年，感遇荆州，寄丹橘以言志，其闳识孤怀，不废江河。而千年之后，东海之滨别有曲江，江南灵秀之地，鸾翔凤集，康衢烟月，足以慰先贤。

松三

松三，原名杨青。1990年生于浙江。写作者，图书编辑，浙江省作家协会会员。出版作品有《古玩的江湖》《智造密码》等，散文散见于《解放日报》《浙江散文》等。

在湖边

这样好的月色，会把鉴洋湖的湖面照得如同泛着波光的白缎吧。也许垂钓不为鱼，只为看看月河，只为晒一晒鉴洋湖的月光。

1

到鉴洋湖走走，要乘小舟。

看尖尖的船头轻轻划开水面，听水流翻出温柔的声响。

岸边苇草林立。虽是冬季，我却想起夏季来。上一个夏季，我与好友也在这样一个湿地的湖中乘小舟而行。那时候，熟了的白色芦花飞扬在空气中，悠悠荡荡飘落在水面上。我们就这样倚在舟上看了一天的芦花。

鉴洋湖的夏季，想必也是芦花纷飞吧。

鉴洋湖位于黄岩区院桥东南约五公里处。同行的当地朋友说，很近呢。离她住的地方近，离她工作的地方也近。想来走走时，便随心随性地来。

一座城市能有一个随时随地漂在湖上看芦花的地方，是令人艳羡的。

据说，在2000多年前，鉴洋湖还是一个古海湾。那时候，鉴洋湖中的水，大约是咸咸的，远漂海外的商船在这里出发、回港。2000多年来，古海湾慢慢演变，鉴洋湖的淡水取代了海水，成为水网纵横的内陆湖，湖水由咸转淡。

我想起来时翻看的关于鉴洋湖的描述，叫作《山水记》。里头记录："鉴洋湖，纵一里，横五里。为东南巨浸，中有沙洲芦荻。水多银鱼，长寸许，如小薤叶，色白如银，味最美。击楫中流，恍如剡中风味。"

大约两年前，我曾专门采访过几位捕捞银鱼的人，银鱼生长在水质极佳的淡水湖中，穿梭如闪电，白日不见，需要夜晚依靠灯光夜捕。月夜下的鉴洋湖上，想必也曾星光点点，照着那些夜捕银鱼的人和小船。

所谓沧海桑田，对于自然来说，不过一两句话。对于一个人、一尾鱼来说，沧海桑田的漫长岁月中，拥有的，却只有小小的一段。

驾着轻舟的陈师傅沉默不语，他不说话，我们不说话，湖两岸栖靠的水鸟也不说话。

他、它们，都在这片水域生长了许多年。

听说，陈师傅还十分年轻时，在鉴洋湖上，和另一些鱼打交道，鲢、鳙、青、草，俗称四大家鱼，是当时的鉴洋湖国营鱼种厂放养的鱼苗。陈师傅作为鱼苗的守护人，日日与鱼苗为伍，把时光同鱼都融入湖水。

一晃，都快四十年了。陈师傅摇身一变，成为了鉴洋湖城市湿地公园的一名船夫。似乎又什么都没变，他仍每日漂浮在湖面上。他的网名，曰“岛主”。岛，四面环水。流连于岛上的人，向往的不是脚下的土地，而是触手可及的湖水。

2

想想古往今来，多少美好诗意的事，都发生在湖边。

张岱那篇《湖心亭看雪》：

“崇祯五年十二月，余住西湖。大雪三日，湖中人鸟声俱绝。是日更定矣，余拏一小舟，拥毳衣炉火，独往湖心亭看雪。雾凇沆砀，天与云与山与水，上下一白。湖上影子，惟长堤一痕、湖心亭一点，与余舟一芥、舟中人两三粒而已。”

那一年的冬季，下了三日大雪，张岱独往西湖湖心亭看雪，一白、一痕、一点、一芥与两三粒，便成为世人心中永久的西湖雪日。

我在杭州居住十来年，西湖虽极少下雪。但西湖的雪日，好像却曾在生命中出现过一样。相信许多杭州人都如此，这是张岱留下的西湖印象吧。

很巧，鉴洋湖也有一座湖心亭。只不过鉴洋湖湖心亭中站着的人，叫作杨晨。

杨晨是清代进士。据记载，清光绪三十一年（1905），杨晨在这里主持围湖筑堤，种桑养蚕，并在湖中建造了一幢西式别墅，取陶渊明《归去来兮辞》中“倚南窗以寄傲”一句，命名为“寄傲轩”，四周植以名花异木。在寄傲轩的南侧，杨晨托人构筑了一座玲珑有致的湖心亭。

杨晨曾这样记录这里的景色：“门外湖光十里碧，座中山色四周青。”

我猜这样的景色是在湖心亭中看到的。亭，四面皆空，是借最好的视角，看最好的风景。

这应是鉴洋湖的夏日，草木葱茏，眺目皆绿。不知道这位长年隐居的人，是否独自乘小舟去看芦花？冬日时，这里又是否下过大雪？

杨晨似乎并无记录，但不要紧。许多城市都有一座湖，许多湖中都有一座湖心亭。每个向往美好的人心中，都有一座湖心亭。

杨晨晚年归隐于此，听说他常于湖畔著书、垂钓、会友，还组织了个八老会，湖上八老，逍遥当如湖畔八仙。

他和陈师傅一样，也有个“网名”——晚号“月河渔隐”。

细细推敲，他常在夜晚时于湖边垂钓。这样好的月色，会把鉴洋湖的湖面照得如同泛着波光的白缎吧。也许垂钓不为鱼，只为看看月河，只为晒一晒鉴洋湖的月光。

不知道陈师傅知不知晓“月河渔隐”，但我猜，相隔一百多年的两个人，应有过相同的美好体会。

一只黑色小水鸟从眼前“踢踏踢踏”走过。

有人轻喊，是只小䴙䴘呀。还有一丛丛白挂在芦苇丛上，一动不动，定睛一看，是数不清的白鹭。

黄岩所在的台州地处西太平洋候鸟迁徙路径上，是候鸟迁徙途中重要的停留站。而自然水域丰富的鉴洋湖湿地公园，是众多鸟类的家园。

也是见过月河的生灵呀。

同伴笑：“鸟类才是鉴洋湖的原居民！”

又一只圆滚滚的水鸭子咕噜噜从湖面划过，它神态自若，身手矫健，真正是“旁若无人”。

3

走在鉴洋湖，令我想起自己的故乡。

水渚密布，飞鸟盘桓。沙汀上，植被茂盛。春夏秋冬，四季的生命力以不同的面貌周而复始进行转动。

我的故乡也是一片湿地，大小湖泊随处散落。我见过它几十个春夏秋冬。我在水边长大，在湖边浣衣、捉鱼、嬉戏。在依靠水运的古代，我的祖先，通过对水的了解，延续着一辈又一辈的生活。

鉴洋湖边的生活有什么不同呢？

杨晨的《路桥志略》对杨府庙的“岁时习俗”这样记载：

“五月十八日，男女成群，画船布幔，携箫鼓酒馔，往游鉴洋湖，或上鸡笼山杨府庙，祀杨业及其诸子，烧香观剧，穷日而归。”

鸡笼山便是鉴洋湖旁的山，这样小小一座山，有一座宝轮寺、一座广化寺、两座杨府庙。

这座山的另一边，便是海。

生活在山海之间的黄岩人，相信神灵的庇佑。船只出海时，他们在鸡笼山的杨府庙祈福。远洋回航时，见到鸡笼山，一颗心终安定下来。

在湖边，总不免会想到一个人——瓦尔登湖旁的梭罗。

1845年美国独立日那一天，二十八岁的梭罗独自一人来到瓦尔登湖畔，自己动手建了一座简陋的小木屋。他住了下来。两年多，他在这里孤独地观察、倾听、感受、沉思，催生出他的深刻思想，写出了举世闻名的《瓦尔登湖》。

“如果我对着一朵云说话，请你不要见怪。”

“……有人从村里来钓鳘鱼——在瓦尔登湖中，很显然他们能钓到的只是他们自己的多种多样的性格……”

“湖是自然风光中最活跃、最美妙之所在。它是大地的眼眸，凝望着它时，可以透视自己的天性。”

“湖水起过这么多的涟漪，但它却没有一道永久的皱纹。”

……

湖是梭罗生活的栖息场所，也是他精神的家园、心灵的故乡。

我的书架上还有许多关于湖与水的书，诺曼·麦克林恩的

《大河恋》、萧丽红的《千江有水千江月》、迟子建的《额尔古纳河右岸》。

有一位摄影师朋友，一生都在水上，同水上的人一起生活，拍水上人的生活。他不愿上岸来，虽他自己也说不清原由。

小船缓缓靠岸。听说，鉴洋湖中沙渚众多，驾起船来极易搁浅，陈师傅是极少数能在湖面上自由漫行的人。

陈师傅仍然不说话，他将船只停泊好，我们的鉴洋湖一游已结束，他将带领另一群人，继续向鉴洋湖深处潜去。日复一日，就像一只匍匐在湖面的水鸟，就像湖面泛起的涟漪，就像水溶于水。

温柔的注视

重逢与离别，是我们要时常面对的生命主题。

1

五月，江南进入梅雨季。文人多爱写梅雨时节湿漉漉的心事，其实梅雨季若在江南山地一带游走，也可见壮阔无边的美。

爬上台州黄岩的一座山，山叫岗塘坪，岗塘坪山遍植白茶。白茶采过一茬，正值休茶，茶山绵延起伏，空无一人。雨过天晴的一洗碧空，只山岚袅娜涌动。噢，还有鸟。不知名的鸟，穿梭在山岚中。往常，它们高高飞在空中，今日，我们爬得高，在它们贴飞的山巅，注视它们擦着我们的头顶掠过。它们鸣叫清亮，直透耳膜。

喻昌荣双眼发亮，他问我："见到许多鸟了吧？"

我点点头。喻昌荣是黄岩的拍鸟人。他告诉我，岗塘坪所在的五部村一带，靠近宁溪，因山林众多，林鸟遍布。

黄岩多鸟。这是我对黄岩的第一印象。

初次到黄岩，入城市湿地鉴洋湖，因是冬季，湿地中难免有萧瑟之感。船工驾起小船带我们在湖中穿梭，湖上无人烟，却见许多白色的水鸟立在岸边树梢，白色身影如如不动。后有湿地的工作人员带我们爬上一座观景平台，平台上，遍是栖居此地的鸟类的介绍。我们才知道，对于湿地来说，原居民与人无关，更多的是鸟类。

清光绪《黄岩县志》中有一段关于鉴洋湖的记载："鉴洋湖，在三十九都鸡笼山下，修广二千亩许，纵一里、横五里，为东南巨浸。中有沙洲芦荻，鸡鹊鸂鶒翔舞其际。"这里的鸡鹊即为池鹭；鸂鶒是一种体形大于鸳鸯的水鸟，因多紫色，好并游，故又称紫鸳鸯。

在这座古老的城市湿地，"烟湖鹭鸣"曾为十景之一。那时候，湿地旁的鸡笼山佛寺香火兴旺，游人络绎，野生鹭鸟、白鸥飞翔于烟波之上，大约是那时生活在此的人们常见的美景。在黄岩，鹭鸟尤其多，一年四季都在，在黄岩是常见的。小时候，喻昌荣就常常站在永宁江畔，看在江上振翅的白鹭。

喻昌荣最喜欢五月。五月伊始，鸟类众多。浙江台州因地处亚热带沿海区域，拥有740公里的漫长海岸线，温暖湿润的气候，靠近海域湿地的优良环境，且无大型鸟类天敌，使之成为许多鸟类来此越冬的圣地。黄岩恰好处于东亚—澳大利亚的鸟类迁徙大通道上，一年四季，留鸟、夏候鸟、冬候鸟、旅鸟不断。

2

喻昌荣拍到红嘴蓝鹊时，也在一个五月。每年春夏四五月之交，是喻昌荣拿起相机开始追鸟的时节。2011年五月的一天，他驾车行驶在黄岩平田乡桐树坑村的路上，一只鸟从车窗前飞过去，鲜红的喙，拖着长长的蓝色的尾巴，像凤凰一样，那么那么美！

红嘴蓝鹊是一种性喜群栖而活泼的鸟。它们常成群在枝间跳上跳下或在树间飞来飞去，飞翔时多呈滑翔姿势，从山上滑到山下，从树上滑到树下，或从一棵树滑向另一棵树，以纵跳前进。

幼时我住在山中，院落外有一株枇杷树、一株野梨树，它们总是从左边的野梨树上纵身一跳，一个滑翔跃向右边的枇杷树上。有时候，它们也会三五群集，蹲伏在两棵树中间的电线上，姿态舒展。深秋时，树下的茅草干枯，它们在秋风中穿梭，窸窣作响。我想它们大约是在觅食。红嘴蓝鹊是一种容易被发现的鸟类，因它长长的发着蓝色微光的尾巴，实在太引人注目。

平田乡位于黄岩南部，地域广阔，山林众多，红嘴蓝鹊栖身于此。这也是喻昌荣第一次见到这种鸟。我相信喻昌荣心下刹那的震颤，他说，选择拍鸟，是因有挑战性。有什么挑战？是需要追寻。追寻到一种新的生命，那种狂喜，大约不亚于天文学家发现一颗新的星球。

此时是喻昌荣开始拍鸟的第二年。喻昌荣是黄岩本地人，生于斯长于斯。年轻时，他曾赴浙江西部城市衢州当兵，后如候鸟归来，回到台州黄岩本地工作生活。倒不知为什么，他在2010年举起了相机，开始用镜头记录这一种敏捷的生灵。

刚开始的第一年，喻昌荣拍白鹭。

白鹭在浙江一带较常见，一年四季都有。他和我说，在我前一日去的黄岩头陀一带，一过红绿灯，进入一个叫作白湖塘村的村庄，有一座洪屿山，白鹭成片。我后来听说，当地有一位年长的村民根据研究，发现约在2000年左右，此地已陆续有白鹭栖息。

为了拍白鹭，喻昌荣从黄岩出发，一直追寻到仙居的永安溪。在连续三年的国庆长假中，他也如一只白鹭，栖靠在永安溪旁，用镜头定格白鹭各种各样的生命状态，飞行的、立枝的、水中叼鱼的……他用慢门将流动的溪水定格成白练，黑色岩石在白练中若隐若现，白鹭静谧如鹤，超然独立。这一组照片，喻昌荣取名为《禅境》，也隐喻着他心中的禅境。

红嘴蓝鹊却不那么好拍，红嘴蓝鹊需要追寻。相对来说，林鸟比水鸟难拍。

自从那个五月的惊鸿一瞥，喻昌荣开始了对红嘴蓝鹊的追寻之路。直到第二年五月，喻昌荣在括苍山麓深处的小山村采风，高亢的鸣叫将他吸引到溪边。是红嘴蓝鹊的身影呀！这一次，他悄悄跟着红嘴蓝鹊的飞行之路找到了它们的栖身之所。

在一个林中，红嘴蓝鹊将窝筑在一株栗树的树杈上。这个小家族一共五只大鸟，它们共同哺育着四只小鸟，确切地说，是四只蛋。在往常对于红嘴蓝鹊的认知中，它们的孵化由雄鸟、雌鸟轮流进行，但喻昌荣连续仔细观察了两个月，确认负责孵蛋的是雌鸟，雄鸟则立于一边，负责守护。

找到了据点，喻昌荣每天一大早赶着去。他轻手轻脚，将相机、脚架藏匿在不远处，以防打扰到这一家族。他看见雌鸟会定时翻滚蛋，以保证蛋受热均匀，利于孵化。

生命的破壳，有时候只在一刹那。

在一个早晨，七点钟，喻昌荣架好相机，他见大鸟飞出去，拍了几张，闲来无事坐下翻看手机，哪知道抬头一看，一只小鸟已破壳而出，粉红色的光秃秃的身躯，在鸟巢中显得脆弱而又充满生机，就像每一条生命来到这世上的样子。

拍鸟是不能走神的。

等待第二只破壳，喻昌荣用了三四个小时。直到中午，他看见一只小小的喙啄破了蛋壳，接着，是一只脚，然后，是头。大鸟在旁看着，仿佛在鼓励它完成生命之旅的第一课——破壳。待它完成后，大鸟会清理鸟巢，将蛋壳叼走。十多天后，四个可爱的小生命躺在父母为它们搭建的爱巢中。

两个月里，喻昌荣天天来。他观察着这一家族的生活。

面对自然界，鸟类承担着比人类更多的危险。江南五月多风雨，风雨中，鸟巢一点点倾斜，筑巢的树枝开始掉落。雏鸟们用稚嫩的小爪挣扎着，拼命往高处爬。每当风雨来袭，大鸟总是张开翅膀保护着雏鸟。

一日早晨，喻昌荣又来到树下，却惊了一跳，鸟巢不见了。

因为风雨，鸟巢一夜之间倾圮坍塌。他小心在地面找寻，终于发现两只落在地上的雏鸟。脆弱不堪的生命，掉落在地上，大鸟已经远去。附近村庄的孩子将两只雏鸟带回，悬于笼中，挂在树梢，以期大鸟能看到。

鸟妈妈寻来了，扒着鸟笼欢快地给两只雏鸟喂食。但一个夜里又来了一场大雨，寒冷、孤独的两只雏鸟相继死去，鸟妈妈悲痛欲绝，扒着鸟笼不肯离去。

其实，红嘴蓝鹊是江南一带常见的鸟类，我生活在山中的祖辈对它们已习以为常。但在喻昌荣的镜头里，它们相识、相爱、相守，直到离散。他对我说："你看，这与我们的人生多么相像。"后来，这组红嘴蓝鹊的照片整版刊登于《光明日报》，用的标题是《生命之歌》。

3

黄岩有一座山，叫作委羽山。委羽山位于黄岩区西城街道，从外形看，这是一座很不起眼的小山，海拔不到百米，既不峭拔，也不绵延。在历史上，它却是道教第二洞天，古人称"两晋无双地，南国第一宫"。

看委羽山的名字，便知这山与鸟类相关。传说古代方士刘奉林，从河南嵩山辗转来到黄岩，在一个山洞中炼丹。丹炼成之日，他驾鹤飞升，鹤羽委坠于山麓。后人为了纪念他，把这座山命名为委羽山，炼丹的山洞称为委羽山洞。

委羽山因道教而负盛名，历史上，无数文人墨客到此一游，作诗留念。南朝谢灵运在赴任永嘉太守途中，一路游山玩水而来。经过黄岩时，特意绕道委羽山，并留下一首《题委羽山》：

山头方石静，洞口花自开。
鹤背人不见，满地空绿苔。

一片空灵寂静，但仙鹤与人杳无行踪。

据说，委羽山曾仙鹤林立，飞跃屋檐。当然，关于委羽山，也有另一个说法——据现代地质学家考证，6000多年前，受皇天畈海进侵蚀，温黄平原成为一片汪洋，委羽山成为海中的“屿”，所以“羽”最初应为“屿”。

但又有何妨。

仙鹤因代表着祥瑞、富贵、长寿，甚至一度在明清两代被冠以“一品鸟”，仅次于传说中的凤凰。宋徽宗赵佶曾画《瑞鹤图》，白色群鹤如云似雾，盘桓于宫殿之上，飘逸灵秀。至于杭州孤山那位梅妻鹤子的林逋，更是将对于鹤的想象拉进了真实的历史中。

自古以来，文人常用鸟来借喻、表达自己。

苏东坡有“雪泥鸿爪”，在《和子由渑池怀旧》中，他写道：

人生到处知何似，应似飞鸿踏雪泥。
泥上偶然留指爪，鸿飞那复计东西。

“雪泥鸿爪”意为往事所留下的痕迹。后来，在苏东坡宦海沉浮的几十年中，“鸿”时常出现，并以各种姿态贯穿他一生，成为他人生态度的诗意象征。

我非常喜爱的清代画家八大山人，他笔下的鸟，黑白设色，逸笔草草，不屑一顾。这些鸟大多眼白巨大，瞳仁偏上，一股子傲气。不过，八大山人的鱼也一样，翻着白眼，孤高离群。这是他从心中注入笔端的愤懑。

无论如何，我想是否古人在行旅之中，注视到鸟类的时间，总比现代的我们多一些。或是他们跌宕的人生，需要寄托在鸟类这样自由的生灵上，才得以抒解。当然，今天，在多鸟的黄岩及台州全域，以及温州、宁波沿海一带，注视鸟类的人也越来越多。

喻昌荣常去的台州湾，位于台州中部，为台州的“母亲湾”。它是一个开敞的河口湾，呈喇叭型向外延伸，海域面积达342平方公里，两岸为宽广的淤泥质滩涂。

每年冬季，一种高大的鸟类——卷羽鹈鹕，会从蒙古高原飞来此地，它们以每小时40千米的速度，穿越几千公里，在这片滩涂上降落以整饬队伍。2015年，来到台州湾的卷羽鹈鹕一共有36只。也有一部分会飞往温州湾一带。不过，这36只也足够喻昌荣来等待。

卷羽鹈鹕高160—180厘米，它们最大的特点，是拥有大大长长的喙，喙下部为黄色的如同布囊一样的喉囊。卷羽鹈鹕爱吃鱼、甲壳类、软体动物、两栖动物。浙江沿海一带属亚热带气候，温暖湿润、水生生物丰富，鱼虾成群、芦苇荡遍布，是它们最爱的栖居地。每年冬季，总有许多候鸟飞越千山万水而来。

喻昌荣爱将卷羽鹈鹕的喙形容成剑，因它们成群结队在陆地行走时，姿态淡定沉着，像极了士兵。并且，它们习惯于群体捕猎，集体合作如同古代行军打仗。飞翔时，它们呈人字形或一字形，有序默契变换队伍，像悬在高空跳跃的音符。

卷羽鹈鹕一生只有一个伴侣，它们成双成对耳鬓厮磨。而当年出生的小卷羽鹈鹕，也与父母形影不离。宋代黄岩诗人戴复古曾作《江村晚眺二首》，其中一首为：

江头落日照平沙，潮退渔船阁岸斜。

白鸟一双临水立，见人惊起入芦花。

这里的"白鸟一双"，也许说的便是卷羽鹈鹕。

在喻昌荣的镜头中，卷羽鹈鹕是一种温柔的鸟类。夕阳落下的台州湾，闪烁着金光的水面上，高大的卷羽鹈鹕温柔地用喙去轻柔触碰另一种鸟类，那是来自西伯利亚的银鸥。个子小小的银鸥遍布水域，卷羽鹈鹕就像在小人国里漫步的巨人。

无论日出日落，都如梦境一般。湿地的温度开始渐渐升高，枯草开始返青，越冬的鸟儿，一个冬季的休养生息，恢复了最初的体重，那些年轻的鸟儿跟随父母家人完成了生命中的第一次迁徙，此时的卷羽鹈鹕，也开始筹划着一场新的远行。这几天，鸟儿的数目在大面积减少，在某个黎明或者黄昏时分，它们悄无声息地飞走，卷羽鹈鹕已经做好充分的准备，一切都在悄悄地进行。

这种如同古代诗人借用鸟类道出的缱绻心意，喻昌荣在拍摄的短片中做成了独白。

卷羽鹈鹕们每年从蒙古高原飞来，要耗去三分之一的体重，等到台州一带天气转暖，它们恢复原有的体格，休整结束，便是它们重回蒙古的时刻。

卷羽鹈鹕慢慢飞走，湿地上，只剩零星的野鸭。昨日发生在这里的故事，还在影片《台州湾畔鹈鹕飞》中保持着温度，而它们已关山重越。这部《台州湾畔鹈鹕飞》，后获浙江省首届纪录片“丹桂奖”。

重逢与离别，都是我们要时常面对的生命主题。

喻昌荣说，这是卷羽鹈鹕教会他的事。

4

有一部关于鸟类迁徙的纪录片，叫作《迁徙的鸟》。导演是法国的雅克·贝汉，曾出演过经典影片《天堂电影院》中的男孩儿长大后的角色。在《迁徙的鸟》中，雅克·贝汉这样开头：“每个春天，它们飞越遥远的距离。每个秋天，它们沿着原路返回。”所以，鸟的迁徙是一个关于承诺的故事，一种对于回归的承诺。因而雅克·贝汉也把鸟类的迁徙称为惊人的奥德赛之旅。奥德赛之旅出自古希腊神话故事，讲述了奥德赛从特洛伊城，历尽千辛万苦回乡的故事。

在黄岩的西部山区头陀、北洋、宁溪一带，丘陵山川起伏，有一种叫作发冠卷尾的鸟类。这是一种通体黑色或闪着蓝绿色的金属色泽的鸟类，额头上竖立着一个发丝形状的羽冠，羽毛末端向上卷曲。

发冠卷尾大约是最贴近奥德赛本人的鸟类了。这种体型不大的鸟类，每年五月从东南亚飞到黄岩进行繁殖，十一月带着雏鸟返程。它们年年会在同一棵树甚至同一枝树杈上筑巢，在离别之际，它们又会将鸟巢拆除，来年再回原处修筑新巢。

喻昌荣惊叹它们是如何做到的。他用了许多年的时间拍摄了许多发冠卷尾的影像资料，他觉得这种鸟类非常聪颖，且活泼可爱。他曾拍过一组“发冠卷尾的钢管舞”。在黄岩的某个林中，黑色发冠卷尾正绕着一棵笔直的树干上上下下旋转，嘴巴则像啄木鸟一样敲击树身。它们是在觅食，这种可爱的鸟类，爱吃蝴蝶、蜻蜓，也爱用树皮佐用。

当然，在喻昌荣眼中，发冠卷尾最令人惊讶的，还是那精准的导航力。

也许我们可以在美国生物学教授戴维·乔治·哈斯凯尔的《看不见的森林》一书中得到一些答案：

经过一整天的休息调养，这些迁徙的鸟将在凉爽而静谧

> 的黑夜中展翅南飞。飞翔的鸟儿们将扫视长空，找到北极星，利用北极星的位置来确定南去的方向。鸟类自小便获得了这种天文学知识，那时候，它们待在巢穴中仰视夜空，搜寻天空中这颗位置始终不变的恒星。它们将这种记忆携带在湿乎乎的大脑中，然后在秋季凝视天空，依靠星座来指引方向……迁徙的鸟还有一些其他的导航技巧。它们观察日出日落，它们懂得沿着山脉的南北走向，它们还能探查到无形的地球磁场线。迁徙的鸟开放一切感官来体悟宇宙，将太阳、星星和地球合为一体，汇成推动它们南飞的巨大浪潮。

难怪，在雅克·贝汉的眼中，这些迁徙的鸟类用翅膀翱翔在人类永远无法凭借自身企及的天空，我们能给的，只有神话般的赞叹。

《迁徙的鸟》前后共600多人参与拍摄，历时3年多，取景地遍及全球50多个国家和地区，记录胶片长达460多千米，动用了17个世界上最优秀的飞行员和2个科学考察队。这样的数据，其实说出来并无多大意义。

但是，当你打开这部片子，跳过片头那寥寥数语的旁白后，接下来见到的，是一群又一群跨越几千公里的鸟群。飞越1200千米的大天鹅对生命的坚持，在漫天风沙中追寻出路的沙丘鹤，在冰天雪地下与海鸦对抗到底的企鹅……

你听见它们粗粝的呼吸声，看见它们振动的翅膀、伸展得笔直的身躯，看见它们身下掠过的无垠的沙漠、山川、原野、城市、大海，你不知说什么，就如同导演雅克·贝汉，他也不知说什么，唯有赞叹。

英国作家J.A.贝克的《游隼》一书，记录了他在英格兰东部一片平坦的湿地上，追逐游隼的身影的故事。他沉迷其间，痴痴地追随着这种鸟，观察它们飞翔、追逐、扑杀、进食、休憩……

“我感受到了身体里那份奇妙的憧憬——离开，离开。我沉没了，沉睡了，缓缓进入了轻如羽毛的鹰的睡眠。”

在追逐游隼中，他作为人类自身的意识逐渐消融，转而被一种异己的、无法排遣的鹰的意识所取代。因而，这是一部关于一个人如何成为一只鸟的书；也是关于一个人，渴望成为人以外的存在。

我想，在一次又一次追逐鸟类的过程中，喻昌荣是否为鸟的意识所占领。也许没有，但他一定对鸟类的生命予以平等的看待，他说，鸟类是有生命的，它们与我们一样，有着它们的喜怒哀乐。

喻昌荣在做的，更多还是关于鸟类本身的事。2018年4月，他带领台州爱鸟人士，成立爱鸟会。爱鸟会目前300多人，工作是发现、拍摄、记录鸟类，也同步开展鸟类生存环境、鸟类知识的宣传。

据现有名录，中国有鸟类1400多种，浙江有560多种，台州有440多种。其实台州原本只有300多种，后续增加的100多种，是由爱鸟人陆续拍到录入。这也是拍鸟最大的乐趣和挑战，因为这是一个不断发现鸟类的过程。眼下，喻昌荣最想做的，是把台州的鸟类名录做出来，出版成册。

也有许多不再来了的鸟类。如发冠卷尾一样，如不能在原处筑巢，便飞往他处。环境的变化，直接影响着鸟类的迁徙导航。这种变化，有时只是一棵树的消失。

《迁徙的鸟》中这样说：“八千万年来，鸟类一直统治着天空、海洋和陆地。”

喻昌荣稍微退一步，他看到的是共存。他说，拍鸟其实是爱鸟，爱鸟的第一步，是要保护黄岩当地的生态环境。这是喻昌荣的拍鸟逻辑。

孙雯

孙雯，《钱江晚报》主任记者、浙江省作家协会会员。著有《我贪恋这泥淖里的温暖：萧红传》，所写散文、评论被收入各类文集。多次获得浙江省新闻奖、全国晚报新闻奖、赵超构文化新闻奖。

青绿与少年

走进那些古窑附近的村落，总会不经意间遇见年轻的手艺人创造的传奇——往昔的青绿，焕发着今日的色彩。

1

宋朝不远。

在竹家岭下，似乎只要穿过那位安保大哥锐利的眼神，就能落脚于宋的大地上。即使不曾跨进那一扇铁栅门，在山脚下的柏油路旁，一抬头，也能望见它。

黄岩沙埠竹家岭窑址的“龙窑”盘踞在山坡上，由它烧制出的盘碗钵盂，盛出千年前沙埠溪畔那些热气腾腾的百姓生活。而后，深浅不一的青绿，顺水而行，去永宁江，去椒江，再乘东海的碧波，行至世界各地。

站在山顶高翘的“龙尾”处转身俯瞰——

山峦之间，有大片平地，如同北宋少年画家王希孟笔下“千里江山”的平阔之处。可以想见，几百年前的今天，那里定是水波荡漾，舟船往来。

冬末到黄岩，看历经一冬的江南，亦是青绿，并携带了整个冬天那些风霜雨雪给予的打磨。正如竹家岭窑址出土的两宋青瓷，绿得合乎时令，又让铁骨铮铮的精气神儿在釉面上开出了冰花。

2

去黄岩之前，我还去了一趟慈溪。

从上林湖到沙埠溪，在春天里回忆冬天的行程，只有东海边的这一趟“寻瓷之旅”，稳坐于脑海之中。

慈溪的瓷与黄岩的瓷，若以专业的眼光去看，有诸多不同。但如我这样的普通观者，只是爱它们流畅的青绿色调，深绿浅绿，带有匠人的庄重或俏皮。

当然，青绿与青绿是不同的。

同是对“千峰翠色”的孜孜以求，上林湖与沙埠都留下满载时光密码的器物，它们端坐于博物馆的玻璃柜中，安静地等候懂它的人。

它们等来的人，不但懂它，还使之重生。

不知是否为巧合，在我踏进那些古窑址附近的村子时，总会遇到“隐居”的年轻人。他们操持着这片土地上古老的物事，当然，理念是新的，设备也是新的。他们以满腔热情，将凝聚中国人最高审美的器物，置于今天更广泛的日常。

在上林湖畔的匡堰镇倡隆村，我遇到孙威。其时，他正小心翼翼地将几样青瓷小件从窑炉中取出，捧到工作室的大桌子上。

这些来自游人的“作品”，摸上去还有热乎乎的炉温，有些甚至并不具有完整的器型，但孙威很在意它们，小心翼翼地将其置于桌面的空阔处，随后，它们将被一一送至“创作者”手中。

其实我有点失望。

一位越窑青瓷烧制技艺传承人，竟然毫无我事先想象的岁月感。

孙威是一位80后。而他的青瓷人生，从儿时跟随父母耳濡目染之后，正式开启于二十八九岁——那是他从大学里的体育专业毕业，当了两个月的体育老师，又经历数次创业失败而“认命”的结果。

我被他的经历震撼，甚至催生了一种妄想——是不是我也可以改变，改变既定的人生轨迹，去寻找截然不同的生活？

当然，孙威就是这样的年轻人，在给予青瓷之美的同时，又给出某种人生启示。当如我这般的“妄想”化为行动，说不定，真的可以。

大概所有的成功故事，都离不开勤奋投入的细节。

所以，当我几乎忘记这次不期而遇的全部时，有一点却始终不能忘怀。

孙威的义父，著名陶瓷艺术家高峰曾问他：“你想怎么做陶瓷啊？”孙威回答：“反正拉坯拉好，刻花刻好，烧窑烧好就好了嘛。”

不行。

要做好陶瓷，高峰的建议是先得把上林湖周边的山都跑一跑，把那些泥都挖回来烧一烧。孙威照着义父的话，把上林湖周边凡是曾经有古窑的山，都跑了一遍，把那些泥土挖回来，淘洗、烧制。

跑完上林湖周围的山，再开始备料拉坯，孙威就得心应手了。

3

一方水土，造就一种器物的形态。

所以，沙埠与上林湖的青瓷，有肉眼可见的不同。

在黄岩区博物馆，看那些宋代瓷器，我又想到王希孟的《千里江山图》。黄岩的多数青瓷，比青翠浅，比鹅黄深，有时光印刻之下的坚硬痕迹，对应的是“千里江山”中，山峰与大地之间，最为广大且普通的颜色——那正是江山的本色。

黄岩沙埠窑青瓷与上林湖越窑青瓷，二者的胎釉化学成分大致相似。在考古专家的论文中，我读到它们都是用本地产的瓷土单一原料配制而成。但细究起来，沙埠窑青瓷的胎釉氧化铝含量偏高，故其硬度就高。二者色泽的差异，则源于釉中的氧化钛和氧化铁成分有异。

是的，每一种色彩都是大自然的无私馈赠。正如沙埠竹家岭青瓷坊的主人谢振威发在朋友圈的那句话：瓷是土的一种极致表现。

谢振威是一位90后，“返乡创业者”是他对自己的形容。

失传800多年的沙埠青瓷制作技艺，正在这位年轻人主持的青瓷坊中得以重生。以青瓷香炉、青瓷执壶领衔的沙埠青瓷精品，不断在竹家岭青瓷坊中，成型，生长。

不得不佩服这一代年轻人的目光——在多数人看来，一处窑址的发掘与保护，除了和当地人的耕种与居住有所关联，大抵对人生并无太大影响。

但家距竹家岭窑址仅有200米的谢振威却因此做出一个重大决定。

那是2019年，在考古专家的挖掘与研究中，包括竹家岭窑址、凤凰山窑址在内的7座晚唐、北宋时期沙埠窑址群声誉鹊起，并获评国家重点文物保护单位。

谢振威开始重新打量那些童年时在田间地头轻易就能捡拾到的瓷片。他想的是，能否重燃沙埠的窑火。

在此之前，3位来自龙泉的青瓷匠人租赁了谢振威家的房子，用以生产青瓷，但生意未如想象中顺遂，就在他们准备退出之时，谢振威接下了这个作坊。

青瓷是文化，是生活，也是这一代年轻人不避讳谈及的一门有“钱途”的生意。别人做不好的事情，从零开始的谢振威是否能做得好？

谢振威有他的路径。这一代人有这一代人的路径。显然，他们对时代脉动与人生现场，有更为强大的感受力。

现代制瓷工艺，各地大致相同。差别的产生，在于材质，在于手感，在于匠人对于美的感知。所以，对还是门外汉的谢振威而言，重生沙埠青瓷，难，也不难。

除了一趟趟去龙泉、景德镇等地请教制瓷高人，他与身居上林湖畔的孙威一样，花大量时间泡在博物馆中，以目光触摸那些“镇馆之宝”的纹理、色彩，感受其与众不同的气质。

竹家岭青瓷坊的主打产品，是沙埠青瓷工艺最为复杂的青瓷香炉。黄岩区博物馆的那件北宋沙埠窑青瓷香炉，谢振威不记得去看过多少次。它的底盘与盖子分离，镂空的半球型的盖子饰以三瓣卷叶缠枝忍冬纹，要呈现那些弯弯绕绕的线条，需要镂空、刻画、浮雕诸多手法并用。

对于那些繁复工艺，如今的谢振威已经了然于胸。于是，各种尺寸的青瓷香炉，也由这间青瓷坊迈进普罗大众的生活。

4

上林湖，沙埠溪，在不同的水畔听闻年轻人对青瓷的追寻，总想起舞剧《只此青绿》中，王希孟对一抹青绿的追求。

18岁的少年王希孟，在宋徽宗的点拨下，挥就一卷青绿江山，而后跃入时光的长河，杳然无踪。

如果不是借由一方舞台的想象，我们无法沉浸于宋的“青绿”与江山，也无法体会一位少年画家那些具体的犹疑、沉思、畅怀、狂歌……而青绿，由画中气象凝身为一位美丽的女性，她的每一次隐与现，都蕴含画家的求索或怅然。

天下之大，即使回到千年之前，王希孟这样的天才型少年也并不稀缺，可他为何能获得宋徽宗的青睐，宰相蔡京的托举，又让不为人知的身世承载无尽的迷思？

后世学人都在构建着王希孟的形象，可那些，未必就是真正的他。

即便如此，我们还是记住了这位从北宋走来的少年，历史仅为他留下三言两语，他却穿过千年，叫人惦念。

原因，就是《只此青绿》里表达的那样——除了他，还有谁能为纸上的千里江山拼尽全力。

在属于青瓷的青绿当中，我同样看到了年轻人的全力以赴。

回到我踏足的那片竹家岭窑址，800多年前，它度过了北宋中期到南宋初期的兴盛时代，窑火渐熄。可是，当我们走近并了解它的故事，会觉得它是越窑的延续，龙泉窑的号角。即使腾挪场地，但技术一直在流传、叠加，遇到合适的土壤，就会迸发光华。

正因如此，走进那些古窑附近的村落，总会不经意间遇见年轻的手艺人创造的传奇——往昔的青绿，焕发着今日的色彩。

千年前的希孟孤身一人，为青瓷而生的“希孟”就在这一片水土之上。

这一点，卧在山坡的“龙窑”一定知道。

沈希宏

沈希宏，浙江金华人。博士，中国水稻研究所研究员，从事水稻遗传育种工作。曾在报刊写作《娓娓稻来》专栏。

黄岩博物馆记行

彼时烟雨蒙蒙，灵石寺前一排八棵茶花开到荼蘼。千年古寺百年书院，晨钟暮鼓春耕夏读。我们竟然彼此不语，都静静伫立了好一会儿。

黄岩，小名唤作永宁，取自母亲河——永宁江。长大一点，武则天听闻永宁之额有黄石一块，将其改名黄岩，至今已历1300多年。

“黄岩”之名的由来，还蕴藏着诸多色彩斑斓的传说。其中有说，东汉时一个叫王方平的仙人，隐居在黄岩山，后人就以他的隐居地作为对这片地域的命名。在上郑乡萌菜洋村，人们在山顶上找到了王方平所居住的“黄岩石驿”，表面平整龟裂如棋盘，悬崖一面还有漫漶字迹，当地传说这就是王方平的“弈棋岩”，而“沧海桑田”这个成语就是从王方平和麻姑在“弈棋岩”的对话中来的。因为在更久之前，黄岩东部还是一片海。还有说在那里的一条溪流中，有一块平坦的大黄石头，上面依稀可见“黄岩”二字。

欲识黄岩，黄岩博物馆是它的历史窗口。千年沧海桑田，都浓缩在这一本“老黄历”里。没想到馆长罗永华先生是我同校同专业的学长，自然就亲近了些。黄博馆藏颇丰，学长给我们好好介绍了一番。

与我同去的“酸乌兄”首先被一个雕满小动物的陶瓷罐吸引住了。上面刻有多种沿海鱼类，还有龟、鳖等。罗馆长告诉我们说，这个瓷罐的发现，表明早期沿海的居民就有了对海洋的认识，向海洋要吃的，很早就知道龟与鳖的差别了。我就在一边看龟，“酸乌兄”在另一边看鳖。

让我印象很深的是两个考古发现。一个是2016年宋太祖七世孙——南宋赵伯澐墓的发掘。历史上南宋王朝南迁，都城临安（今杭州）及附近地区因此繁荣发展，稻米开始大范围在南方种植，大儒朱熹就有“黄岩熟，则台州可无饥馑之苦”之说。彼时衣冠南渡，温黄平原区域人口激增。随着生活水平的提高，丝绸与瓷器规模出产，通过人工修筑的浙东小运河“官河古道”进行贸易往来。黄岩古窑址群，也密密麻麻分布在各依山见水之处。尤为令人惊叹的是，赵伯澐墓中发现了70多件完好的丝绸衣物，后被誉为“宋服之冠”。丝绸之物，含蛋白质成分，在岁月交替中极容易消逝，所以显得弥足珍贵，成为古江浙地区有产丝绸的重要见证。也难怪在杭州G20（20国集团）峰会期间展出时，得到了二十国元首夫人的交口称赞。罗馆长介绍了其中两件宋服，一件叫作“交领莲花纹亮地纱袍”，是直领大襟、腋下有纽扣的那种女式上衣，大朵莲花相连，花叶交接，现在一眼看去仍显得特别气派而清雅。一件叫作“对襟双蝶串枝菊花纹绫衫”，看上去还是一件时尚新款，是“流连戏蝶时时舞”的很好写照，穿上就是一个春天在身。放在今天，也一点不会过时。兴许什么时候，街头还真会出现这样的宋服穿着。

赵伯澐墓还出土了几件珍贵的珠宝水晶物件，其中有“投龙玉璧”，贵为镇馆之宝。投龙玉璧上所刻四十九个文字记载了南唐皇帝李昪（南唐后主李煜的爷爷）的一次“设醮谢土，上仰玄泽”祭天仪式，感谢苍天所赐之南唐国土，抬头拜谢无上恩泽。随后，皇帝将玉璧绑在金龙上，投入西山洞府之中。玉璧为信，金龙是信使，由此我们也可以看出古代帝王对天地生命的一种虔诚。

“春花秋月何时了”，在后代的流传中这件宝物为赵伯澐所收藏，成为他的心头所好之物。赵伯澐身为皇室子弟，世居黄岩，热心重修了五洞桥，是“宋室徙居”的很好证明。作为皇室子弟，可以安居在一个县邑——却又不是他的封地，过着贵族士大夫的逍遥生活。从此也隐约让人可以感觉到一丝宋朝的政治昌明，文化繁荣。

在黄岩当地，还流传着一个“华胥国”的故事。说是轩辕黄帝曾经做了一个梦，梦见自己抵达一个没有战乱和纷争的国家，国民安居乐业，无不良嗜好。而《列子·黄帝篇》里确有记载：“华胥氏之国，在弇州之西，台州之北……其国无帅长，自然而已；其民无嗜欲，自然而已……黄帝既寤，怡然自得。”轩辕黄帝梦中的这个国就在台州之北，在黄岩。之后的明代文学家汪道昆也赞美黄岩如华胥国：“民静而安，俗朴而俭，闾阎礼让，不混官司。概诸华胥氏之邻，则方内矣。”易安居士李清照也曾经来到黄岩城南的十里梅林，其《清平乐》道：“年年雪里，常插梅花醉。”

上一次来黄岩，我同学老王就专门带我走过五洞桥，去看那一头的“36街72巷”古城区。赵伯澐是重修，说明五洞桥在宋朝更早的时候就建成了。那时正值汛期，泛滥的河水满满趋近了沿河绿道。五洞桥上青石垒垒，有几块青石光滑可照人。可以想见这座位于官河古道上的交通要道，承载了多少岁月往来。元代诗人潘士骥曾作《西桥秋月》诗：“玉虹横处隔市喧，夜痕冷浸青青天。风生万籁泻金液，风定一颗摩尼圆。”在五洞桥的那一头，我们走进了一个老房子。老王也没给好好介绍，里面展示了黄岩当地的一些非遗传承，如翻簧竹雕，名字是我后来翻出了照片查的。还有当地的一些俗语，如“靠手艺吃饭”“赚吃也是张嘴，赚打也是张嘴”“伙计调和，钞票白图”等等，非常生动地反映了黄岩淳朴实干、敢为天下先的民风。

另一个印象很深的是，1987年大修灵石寺塔时发掘大量珍贵文物。括苍之山，东为灵石。建于北宋乾德年间的灵石寺塔，珍藏着诸多北宋时期的经典佛像、千佛砖、铭文画像砖、铜镜、《十王生七经》、舍利子盒、瓷器等等，真是一座宝塔。我印象深的是一些线刻戏剧人物，栩栩如生，叹为观止。我曾在南京博物院见过竹林七贤的砖雕，像是现代的拼图，一雕一琢之间，人物风格尽显。我不太清楚这些方砖是本身作为一种造材很好地融入了塔身，还是专门珍藏在塔身里面的。罗馆长当场给我们解说两个戏曲人物一前一后的模拟对白。我们也当即哼哼起来，就少一个唱本了。

第二天，在同行者周老师的建议下，我们专门去看了重修的灵石寺塔。没想到竟然是在灵石中学里面，至今书香浸润。我们一行人都觉得到了一个好地方。灵石寺前高塔矗立，上有枯草败叶，也有小树生长站立在塔檐，一副风尘仆仆的样子。佛义善人心。掏空的灵石寺塔，依然给我们一种肃然感。彼时烟雨蒙蒙，灵石寺前一排八棵茶花开到荼蘼。千年古寺百年书院，晨钟暮鼓春耕夏读。我们竟然彼此不语，都静静伫立了好一会儿。

罗馆长赠送我们人手一部《黄岩博物馆馆藏精品图录》，包括农耕石器、青铜器、陶瓷、书画、杂项等等，专列一章灵石寺塔。由黄岩众多石器、青铜的出土可以想见，早在新石器时代，就有人类耕种居住。黄岩真有宝贝，台州市的大多数国家一级文物出在黄岩。罗馆长也很有意思，在这部精编的图录里，他这样描述一个西晋时期的青瓷虎子：虎头高昂，作长啸状；器身线条象征彪彪虎背，虎尾上翘，形成提手。说出了文物的形，也道出了文物的神。

几年以前，我的一位大学同学也专门领我一家来过黄博。他是本地人，我们送他外号“小蜜橘”。他是觉得黄博就代表黄岩了吧，但他也没有好好跟我讲解一番。大概看了一圈，我就约莫记得黄岩的民居，作为浙江民居的代表印在邮票上。一道一道的海塘，展示出了黄岩人民围涂筑塘、向海要耕地的勇敢。还有当地的蜜橘文化、模具文化。黄岩蜜橘名闻天下，黄岩模具也是现代部分工业的奠基之母。当时还有一个珊瑚特展。

就像这次黄博有一个特展是“宋运会”——宋代的投壶、击壤、捶丸、踢毽球、打秋千等民间体育活动。黄博所珍藏的，多为唐瓷器宋物件，与宋韵也颇为契合。

南宋朱熹在《奉陪颜集充父同游瑞岩谨次莆田使君留题之韵》写道：“一壑只今藏胜概，三生畴昔记曾来。”五百年后清代袁枚在《黄岩道中》则写道：“十里黄岩路，潇潇雨如麻。”黄岩如瑞，我们今天会写一首什么样的诗?

黄岩胜概，是以管窥一斑。

王寒

王寒，中国作家协会会员，中国散文学会会员，浙江省作家协会全委会委员，台州市作家协会副主席，台州市网络作家协会主席，浙江省摄影家协会会员。已出版《浙江有意思》《江南草木记》《无鲜勿落饭》《大地的耳语——江南二十四节气》《江南小吃记》等16部作品。策划出版了“浙江有意思”系列丛书12部。《无鲜勿落饭》等多部作品入选中国好书榜年榜和浙版好书榜年榜，散文作品入选《21世纪年度散文选》《中国当代散文精选》等几十本精选本。《大地的耳语——江南二十四节气》列入国家教育部向全国中小学图书馆（室）推荐作品。多篇散文作品入选中学语文试卷阅读理解。

黄岩风物志

一个人的早餐，一向简单，两个清明圆子，一碗银鱼干鸡蛋羹，银鱼蒸后，细润如初，仿佛灵魂苏醒，蛋羹肥嫩，滑进口中，柔若无物。

江南有丹橘

1

若不是橙黄橘绿，江南秋天的丰硕，怕是要打些折扣。

秋天是多情的季节，橘子便是让人动情的元素。秋风起，凉意生，荷尽菊残之后，就数橘林风光最美。橘子是这个时节江南最当令的水果，一个个的黄金果子，像一盏盏小灯笼，挂在树上，让人情不自禁把它跟“丰收”“喜庆”联系在一起。

文人总觉得江南的秋，色彩不如北方的斑斓，秋味也不如北方的浓，郁达夫就毫不留情地说，“江南，秋当然也是有的，但草木凋得慢，空气来得润，天的颜色显得淡，并且又时常多雨而少风……秋的味，秋的色，秋的意境与姿态，总看不饱，尝不透，赏玩不到十足。”说得那么直截了当，真当是一点面子也不给江南。南方的四季固然不太分明，但一年到头绿意盎然，不比北方秋冬的萧条冷落更有生机吗？何况，江南的秋味并非真的不足，城里固然少一些秋天的风物，但到山野走走，金黄的橘子、火红的柿子、浑圆的文旦，还有冷峻的乌桕、苍茫的芦苇、火辣的红蓼，简直就是几分几的秋色。

故乡在北纬28度的浙东。长于这片土地的果实，无论枇杷、杨梅，还是橘子、文旦，都胜别处一筹。柑橘家族的祖先在喜马拉雅山区，它们却在江南的好山好水中安下家。南宋以后，随着政治、经济、文化中心的南移，柑橘在水果舞台上，更是成为亮眼的明星。家乡柑橘自古有名，乳柑曾被誉为“天下果实第一”，简直就是坐稳了水果界的头把交椅。黄岩是中国蜜橘之乡，种橘有1700余年的历史，黄岩蜜橘是中国国家地理标志产品。日本的“唐蜜柑”，就来自黄岩蜜橘。过去京沪水果摊，一到秋天，黄岩蜜橘充满市肆。至今，老派的沪杭人家，说起蜜橘，还是会提到黄岩。这几年，临海蜜橘作为后起之秀，风头很健，涌泉岩鱼头的宫川，色金黄，肉清甜，其中的珍品，无须剥皮，可以连皮带肉一起吃，是为当地一奇。

当年南宋小朝廷偏安钱塘，谢道清成为理宗的皇后，她是台州女子，自然爱家乡的风物，九月进贡青柑，十月进贡寒柑，成为当时惯例。这些进贡的南方佳果，先贡奉于太庙，后由理宗召集后宫的妃子分食，一人一只，代表着祖宗的祝福与恩泽，由理宗亲自放入她们的袖中，谁也不多一只，谁也不少一只，一碗水端得平平的。在高墙大院的寂寞深宫里，这也算是秋天里难得的一抹暖色。而这个时候，北方人别说柑，连橘都没有——橘逾淮而为枳。南方的橘子移植到北方，水土不服，长得又小又黄，酸得倒牙。而南方的橘子皮薄色黄，瓤甜汁多，让人倾心。橘子难离故土，屈原《橘颂》就把橘树比作不食周粟的伯夷，并以此明志。

北方橘橙少见，橘橙历来为贵族家中的席上珍品。杜甫有名句："朱门酒肉臭，路有冻死骨。"而诗中前几句，人多不知："中堂舞神仙，烟雾散玉质。暖客貂鼠裘，悲管逐清瑟。劝客驼蹄羹，霜橙压香橘。"—— 神仙似的美人在堂上翩翩起舞，轻烟般的罗衣遮不住玉体的芳香。给客人保暖的，是貂鼠皮袄，演奏乐章的，是朱弦与玉管，劝客人品尝的，是驼蹄羹汤、霜橙香橘，这些都来自遥远的南方。那朱门里啊，权贵之家的酒肉飘散出诱人的香气，这大路上啊，却有冻饿而死的穷人。可见，在大唐，霜橙香橘是果中珍品，只有权贵之家才能享用，寻常人家何曾得见？

2

每个地方自有风土，风土里会长出美好的风物。家乡产橘饶多，春天橘花清香，晚秋蜜橘满山。文震亨《长物志》里，谓橘为木奴，既可供食，又可获利。古人视橘子为优良的经济作物。三国时，东吴丹阳太守李衡，想要勤俭持家，老婆却不听。他偷偷派人去山上种了数千棵橘树。李衡临终，给儿子交代后事，说："我给你留了'千头木奴'，每年能赚一匹绢的钱，够你吃了。"后橘树成林，每年得绢数千匹，李家子孙靠着这些橘树，岁入颇丰，日子富足。唐元稹有诗："绿粽新菱实，金丸小木奴。"叫一声小木奴啊，如叫情人一般温柔。

因为种橘收益多，吴越之地橘树越种越多。古代浙江是越国地盘，南朝时就橘林遍地。南朝《述异记》说："越多橘柚园，越人岁出橘税，谓之橙橘户，亦曰橘籍。"橘籍就是种橘的果农户。黄岩澄江两岸，水好地肥，橘树满园，秋天时，好山好水好果子，有着最江南的风情。旧时黄岩橘子金贵，将采摘下的橘子藏于绿豆中，或藏于黄砂缸，覆以稻草或干燥松针，可藏至来年三月，甘甜如树上新摘。橘熟之时，秋高气爽，神清目爽，于人体最宜，故有"枇杷黄，医者忙；橘子黄，医者藏"一说。

橘子也讲门第出身的，土质的好坏，决定了一个橘子的口感。北纬28度的故乡，风啊水啊都很好，一城山海，孕育着万千风物，橘树一种下，便能顺风顺水长大，柑橘家族越来越庞大。橘子谷雨时开花，风送来万千朵花的香，让人心醉。到了霜降，果子熟透，这期间，它走过春夏两个季节，历经十三个节气——"绿叶青枝金色果，剪刀声里满秋霜"，秋风刚起时，它还是一个个的小青果，到了深秋，冷风一吹，寒霜一打，橘子真正熟透，颜色变得金黄灿烂，甜分也更充足。昔年王羲之有《奉橘帖》：“奉橘三百枚，霜未降，未可多得。”——好吃的橘子，要在霜降后采摘。霜还未落，橘子还不够甜，给你的橘子，也就这些了。

唐代《玄怪录》里，有“老神仙住在橘子里下棋”的故事，讲述的是霜降后两个橘子的传奇。四川巴邛人有橘园，霜降后，橘子都收了，只有两个大橘子没收，这两个橘子越长越大，后竟有三斗的瓦盆那么大。剖开一看，每个橘子里面都坐着两个须发皆白的老神仙，悠闲地下着棋，下完棋后，皆乘龙而去。因为这个故事，象棋又被称为“橘中戏”，下象棋的快乐被称为“橘中乐”，象棋还有一名谱叫作《橘中秘》。

3

我觉得，带着“子”的名人，如孔子、老子、庄子、荀子等大哲，都是淡泊出尘的高人，且都有大智慧。带有“子”的草木，如车前子、决明子、山苍子、算盘子、胡颓子、木姜子、使君子、美丽胡枝子、长花黄栀子，有古朴、苍茫的气质，仿佛草木中的智者。而带着“子”的果实，如无患子、覆盆子、橘子、橙子、栗子等，则是饱满的、质朴的、快乐的。“后皇嘉树，橘徕服兮”，两千多年前，屈原就为橘子唱过赞歌。张九龄也赞美过橘子：“江南有丹橘，经冬犹绿林。”——到了冬天，北方大地一片萧条冷落，而南方的橘子林仍然郁郁葱葱。江南毕竟是江南啊。

古人讲究天人合一，对天地万物总有敬畏之心。旧时，每到花朝节，花农要晾晒百花种子，要在树枝上挂红布条，称之为悬福，希望明年有好年景。在浙东黄岩，橘子采摘季，橘农便携福礼到橘园中祭神，谓“种橘福”，福礼是猪肉、鱼、豆腐、橘子四冷盘，阔气些的，用猪头当福礼。盘边放着橘剪，橘农们点香燃烛，虔诚地祭祀橘神——求橘神保佑，风调雨顺，蜜橘丰收。

到了新旧年交替的除夕，橘农们还要给橘树挂千张，意谓给压岁钱。至于那些盼子心切的妇人，会到橘林里的偏僻之处，找出结橘最多的橘树，祈求橘神赐子。人与植物之间，是有情分的，与天地、节气，亦有某种纽带，这纽带，有时是一朵花，有时是一只果，甚至于是山间的晨雾，草间的冷霜。

国人喜欢讨口彩，什么样的植物代表什么，都有一番讲究。藕就是佳偶，莲是怜爱，桂代表富贵，而橘子代表吉祥，因为“橘”通“吉”，在潮州，人们索性把柑橘叫大橘。大橘，大吉也。扶桑人元旦家门前要悬一福橘，以为得福之兆。如此说来，这橘子简直就成了天赐的吉祥物。新春佳节互赠橘子，期盼来年大吉大利。此等喜庆祥和的果子，婚庆寿宴等场合，自然少不了，家乡婚礼旧俗，新娘要在洞房中摆“十三花”，摆上橘子等水果，傧相在旁边唱歌讨彩，摆明了以橘子喻结子，希望新人恩爱，早生贵子——

新媳妇，出手快，摆起果子十三花。

三对三，两对两，黄岩蜜橘摆中央。

新妇面前要摆桂花酿，新郎面前要摆节节生（小花生）。

上摆梅花结顶，下摆柳树盘根。

三月三开花（花生），九月九结子（橘子）。

开花结子满堂红，麒麟送子到房中。

说到西瓜，就想到盛夏，说到橘子，就想到深秋。每一次品尝故乡的蜜橘，都是一次乡愁的寄托。身在江南，我无法想象，秋天要是没有橘子，那秋色不知要减掉几分。

橘花如雪

春风十里，橘花如雪，故乡的春天，就是这般好。

谷雨和立夏这两个节气，是春天的尾声、夏天的开端。这个时节，家乡成千上万亩的橘林，橘子花开成香雪海——是的，称得上香雪海的，只有冬天的梅花和春末夏初的橘花，又白又香。

橘树矮矮壮壮，是朴实的山野村夫，叶子油光翠亮，精气神十足，一朵朵白瓣黄蕊的厚实小花朵，在绿叶间捉着迷藏，远望，如海荡漾，如雪初下。这些密密匝匝的小白花，有未加修饰的素朴天然。含苞时，像是怀春少女隐秘的心事，羞涩不愿示人；当它盛放，一改先前的含蓄，花蕊袒露，香味扑鼻，直白大方，像天真无邪的山野妹子。

我喜欢橘花的香，甜美，醇厚，有日益遥远的乡野气息。橘花的香，浓于茉莉而淡于含笑——含笑花实在太香了，是甜瓜饱满成熟时的那种味道，香得有点发腻。而橘花的香，清甜却馥郁，香气缠缠绵绵的，像一段浓得化不开的情，深吸一口，便觉香盈肺腑——所谓香花不艳，艳花不香，那些白色的繁花，开到极致，总是香氛如潮。日本清少纳言《枕草子》中道：“从四月末到五月初旬的时节，橘树的叶子浓青，花色纯白地开着，早晨刚下着雨，这个景致真是世间再也没有了。”是呀，就算下过雨，也不能减掉橘花的香味，而叶子，倒显得越发地油绿。

明月青山，流水天涯，橘子花里有乡愁。有一年暮春的夜晚，我坐动车，从杭州回到台州。动车到达台州西站，一下车，清凉的夜风送来一阵阵的橘花香，我深吸了一口气，这是我从小闻惯了的故乡气息。我有多久没有闻到这么好闻的气味了，又有多久没有回来了？那一刻，我呆立在站台，眼含泪水。

橘花的芬芳，1700多年前就在这块土地上飘散了。南宋本土诗人刘克庄写道：“平生荀令薰衣癖，露坐花间至夜分。”清代学者宋世荦闻到橘花香，从故纸堆里抬起头，吟道：“路入绿阴春未老，细花如雪惹衣裳。”橘花开时，望如积雪，香闻十里，花香被风送出老远。在橘林中待得久一些，橘花的香味会沁入衣间，让人有微醺的感觉，像不胜酒力的佳人，三杯两盏淡酒下去，脸上便现了红晕。此时，岂止是衣香，心香也是满溢的。

谷雨节气是橘花的良辰。一到谷雨，橘花像接到某种号令，争先恐后地开放。花香会引来成群的蜜蜂，各地的蜂农也会赶来放蜂采蜜。橘树林中，流绿滴翠，满园子的蜜蜂嘤嘤嗡嗡，空气中，弥漫着持久的香甜的味道。这样的香气，简直让人无法把持。我有时真想拿一根吸管，像蜜蜂一样，直接伏在花朵中吸吮花蜜。

橘花好闻，橘花蜜也很好喝。橘花蜜浓缩了橘花的精华，花蜜呈琥珀色，纯净透明。秋燥时节，喝上一杯两杯橘花蜜，像我这种对生活要求不高的女子，便觉得日子甜美而滋润。

香水中，有一款叫迪奥紫毒女士香水，是时尚女子的爱物。紫色晶瓶，看上去玲珑高贵，它的香味中隐含着神秘的气息：前调是俄罗斯胡荽、马来西亚胡椒、锡兰肉桂；中调是晚香玉、橘花蜜、野莓；后调则是树凝脂。当你在腕上、耳后滴上一两滴香水，最先飘散出的芬芳就叫前调，那些俄罗斯胡荽、马来西亚胡椒、锡兰肉桂的味道散发在空气中，如初见佳人心如鹿撞，有明里暗里的挑逗。接下来的中调，散发的则是晚香玉和橘花蜜的味道，好像爱情渐入佳境，浓情蜜意，缱绻难分。而余香袅袅绕梁不绝的后调，则是树凝脂的香，虽然爱情渐行渐远，但让人追念和怀想。

女友家里有橘林，每到暮春橘花开时，春风过处，落花满地，她便收集橘花，晒干后用开水冲泡代茶饮。橘花茶有理气和胃、消食悦脾的功效。女友对花茶颇有研究，平素非花茶不饮，家里的瓶瓶罐罐，放的是玫瑰花茶、茉莉花茶、薰衣草茶、菊花茶，还有就是橘花茶。把橘花作为窨茶香源，明代就已有之，《茶谱》记载：“木樨、茉莉、玫瑰、蔷薇、蕙兰、莲橘、栀子、木香、梅花皆可作茶。”她送了一小罐橘花茶给我，让我泡着喝。花茶中透出柑橘的清香，果然好喝。

周日在家闲翻书，偶然看到一则方子：“以旧竹壁箦，依上煮制，代降真；采橘叶捣烂，代诸花，熏之。其香清古，若春时晓行山径。”说旧时穷人家买不起名贵的降真香，就以橘叶代替鲜花，把橘叶捣烂后熏蒸，在旧竹片上炼制成可以焚烧的香料。这种香是什么味道呢？好像春天早晨的山间小路，清新至极。有此妙方，赶紧记下，他日或可一试。

橘花开时，我喜欢拣个晴好的日子，去黄岩澄江、临海涌泉的橘园走走，无他，就是为了闻一闻橘花的香。一树一树，千树万树，橘花的芬芳里，是正在孕育着的丰年。在阳光下晃着逛着，满眼的缤纷，满怀的清香，满心的欢喜。闻着橘花香，比美容院里的芬芳疗法，更让人心情舒缓。想到再过几个月，眼前的白色小花，会变成沉甸甸的黄金果，心里总是美美的。

我的音乐夹里有一首咏叹调《忆故乡，常向往》，来自法国歌剧《迷娘》，迷娘对心上人威廉说到自己的故乡时，深情唱道：“你知道那地方，到处橘花飘香，黄金果的国土，红玫瑰的故乡。微风特别柔和，小马格外轻狂。蜜蜂一年四季，为采花繁忙。一个永恒的春天，神赐的恩典，在蓝空下微笑，闪耀着光芒。”音乐是由圆号吹奏的，轻快、感伤又优美。四月底的阳光下，在橘林中漫步，听着这首曲子，我怎么觉得，这迷娘歌咏的就是我的家乡。

春后银鱼

1

抵达春天的，可以是一朵花、一阵春风、一场春雨、一声春雷，甚至可以是一条鱼，比如江中的刀鱼、河里的鳜鱼、湖里的银鱼、海里的梅童鱼。刀鱼、鳜鱼、银鱼、梅童鱼，四季都有，但只有在春天，在江南草长莺飞、杂花生树的背景下，才格外清润鲜美。鱼是有气质的，比如大马哈鱼，如北方的彪悍壮士；刀鱼，是南方的白衣秀士；银鱼，晶莹剔透，目两点黑，是纤尘不染的南方美人。春天，成群的银鱼在水中游过，银光闪闪，如无数道飞逝的光芒。

春分过后，天亮得比以前早，不到六点，天空就露出鱼肚白，也就一杯茶的时间，鱼肚白变成宝石蓝。一个人的早餐，一向简单，两个清明圆子，一碗银鱼干鸡蛋羹，银鱼蒸后，细润如初，仿佛灵魂苏醒，蛋羹肥嫩，滑进口中，柔若无物。

从前到太湖赏樱，吃著名的“太湖三白”，第一碗就是银鱼跑蛋，一条条小银鱼，通体雪白，混杂在金黄的炒蛋中，有金玉满堂的富贵气，隐约可见几粒灵动的小黑点。苏州有一道雪衣银鱼，以银鱼蘸上打成泡糊的雪白蛋清，如雪落平原，清寂无声。也吃过一道青韭炒银鱼，春日初韭配湖中银鱼，青白分明，有山野湖泽之气。

2

银鱼生活于咸淡水交汇的近海和河口，在水中，色泽如银，一出水即变白，故称“冰鲜”，冰清玉洁的样子，如古墓派不食人间烟火的小龙女。银鱼纤细，两三寸长，如美人头上的玉簪，游于水中，又如银梭离弦，故古人又称之为玉簪、银梭。银鱼还有另外一个雅名，叫玉箸鱼，玉白透明如白玉筷子。古人真是风雅，给鱼起个名，也是这般诗意曼妙。这一个个名字，真是活色生香得紧。银鱼还有些诨名，粉条、绣花针鱼、银条鱼，皆是以形而名。银鱼最妙之处是腹中纯净，小银鱼无鳞无骨无肠，食时无需剖肠清肚，因为无骨，宝宝也能吃，故粤东一带，称之为饲子饭鱼。

银鱼的生命只有一年，春天产卵于芦苇与水草茎叶上，产卵之前，雌鱼游于水中乱石之间，直到肚子被石头磨破或划破，鱼卵才能从肚子里排出，这种破腹产卵的方式，异常惨烈，被称为“破娘生”，相当于人类的剖宫产。此后，雌鱼体力耗尽，随之死去。自然界中，为了孩子甘愿奉献一切的，只有母亲。

海里也有银鱼，主要分布在入海口，数量少，名气更是不及江湖中的银鱼。北宋诗人唐庚与苏轼是小同乡，文采风流，有“小东坡”之称。当年跟苏轼一样，也是被贬广东惠州，他写过一首诗，题为《白小》:“二年遵海滨，开眼即浩渺。谓当饱长鲸，糊口但白小。百尾不满釜，烹煮等芹蓼……”白小就是海银鱼。

唐庚发牢骚道：住在海边两年，一睁眼就是浩渺的大海，原以为可以饱食几餐鲸鱼，没承想日日吃的是又白又小的海鱼。这白鱼一百条也不能满锅，咀嚼之下，真的没啥肉头。

海里的鳀鱼，也被称为小银鱼。鳀鱼，小小的个，背部青绿，腹部银白，闻之似有丁香花味，形似渔家女耳垂的丁香（耳环），故雅名丁香鱼，也叫抽条、小银鱼。即便鳀鱼被称为海中小银鱼，壮阔大海孕育出的它，跟湖中银鱼一比，壮实不少，鲜则鲜，但终究是略逊风骚。

银鱼的名气，以太湖为最，其实，浙东台州的银鱼也相当不俗，明太宗时，就是贡品，从浙东直送南京。天津卫河的银鱼也很出名，眼圈金色，莹清澈骨。《明实录》记载，明朝曾在天津卫派出“银鱼厂太监”，专门负责采购紫蟹、银鱼等鱼鲜，供皇帝及宫廷食用。当时天津兵备贾之凤体恤百姓，为银鱼之贡向明熹宗呈上奏章：现在“时事多艰，津海疲累”，请求撤销征收银鱼的机构。银鱼厂太监徐贵、御史卢谦也认为说得有理。但皇上不理这个茬，下旨道：银鱼是专供太庙的鱼鲜祭品，照旧供应，类似的胡说八道，以后不要上奏了。

3

春后银鱼霜上鲈。每年五月，银鱼鲜美。银鱼曾是黄岩鉴洋湖的当家花旦。自从朵云书院落地黄岩，黄岩我就走得勤了，过去几年走一次，现在一年走几次。鉴洋湖在黄岩三十九都鸡笼山下，是古海湾演变而成的潟湖，过去湖面广阔无比，有两千亩许，纵一里，横五里，浩浩荡荡，水天一色，现在这里是城市湿地公园。我去时，正是清明时节，几百亩桃花，刚刚谢了，树上的枇杷，已然结了青果，到了立夏，就会黄熟。湖边水田漠漠，几只白鹭在田里啄食，布谷鸟的声音一声接一声，几个农夫在水田里插秧，一只黄鹂在柳树上高歌。湖中银鱼曾经多如春日野草，清时县志有记："水多银鱼，长寸许，如小薤叶，色如白银，味最美。"遥想当年，湖中各种银鱼，细长如薤叶，透明银白，日光一照，湖面上金光与银光闪烁。湖边人家，乘一叶扁舟，捕捞之，然后木桶里盛着银鱼，沿街叫卖，或作羹或跑蛋，是山里人家的舌尖美味。

银鱼纤巧细小，经不起浓油煎煮，若一番折腾，便失了魂，有人将它裹上淀粉油炸，虽然酥脆，到底失了本味。它最适合的是炖汤、做羹，银鱼放钵子里，倒一点绍酒，加一点米醋，撒一把青葱，倚白偎翠，荤里透素，鲜味里有淡淡的黄瓜香，俨然江南风味。或者加点火腿丝、笋丝，随着白白的烟气蒸腾而出的，是它的鲜香。银鱼煮熟后，颜色由透明变成玉白，小家碧玉变得风情万种，妩媚到让人不忍下箸。或者煮粥时，加一把银鱼干，清淡之粥，亦有鲜香。

银鱼虽小，滋味绵长。"美人纤手脍银鱼"，纤纤玉手，小小银鱼，美人厨下做羹汤，简直就是一幅工笔的仕女画。岛国日本有生银鱼盖饭，一团银白鲜嫩的银鱼，铺于米饭之上，撒上点海苔丝，配点酱菜，奢侈些的，搁三两片生鱼片或几只红虾，口感清鲜如潮水漫过沙滩，又如西风吹来鱼鲞香。

清末进士杨晨，暮年归隐于鉴洋湖，在湖中筑寄傲轩，晚号“月河渔隐”。春后银鱼，霜后紫蟹。五月枇杷黄时，滑溜溜的清白银鱼，炖汤做羹，尝银鱼的鲜腴滋味，秋霜起时芦苇青白，挑三两只肥膏紫蟹，邀三两好友，喝三两杯淡酒，酒足蟹饱，最易下笔有神，喝到兴起，一句“金鸡碧马，携手青山赴偕影；银鱼紫蟹，盟心白水会忘年”脱口而出。好生活都付与闲人，百年前旧人遥远的闲情逸志，让我等终日奔波于红尘的人，心中不免羡慕。

店头荸荠三根葱

冬至一到，就可以挖荸荠了。

荸荠在我们这里是寻常物事，没甚稀奇。

老家产荸荠，民国时期，荸荠的产量，占了全省的一半，尤以黄岩店头的荸荠最为出名。店头的荸荠，尖端突起红中透白的荸荠芽儿，犹如一支支碧玉簪儿，秀气而娴静。果实红紫发亮，精气神十足。漆器中有一种颜色，就叫荸荠红，紫中透红，是江南老式家具的简静之色。这种荸荠浆分很足，咬一口，嘎嘣脆，用家乡话说，就是“爽爽声”。它的鲜甜细嫩、清脆爽口，远胜于秋梨。“黄岩蜜橘红丁冬，店头荸荠三根葱”，黄岩人能拿来吹牛的物事不少，不过这句俚语还真不是吹的，店头荸荠的确名声在外。除了店头，黄岩高桥、院桥的荸荠也很出名。

荸荠是江南的水田中孕育出来的。李时珍说，荸荠“生浅水田中，其苗三四月出土，一茎直上，无枝叶，状如龙须。肥田栽者，粗近葱、蒲，高二三尺。其根白蒻，秋后结颗，大如山楂、栗子，而脐有聚毛，累累下生入泥底”。又道，误食铜钱，嚼荸荠汁一升，则化为水。北方人把荸荠称为“马蹄”，老家称为“地栗”——大概是因为它在泥地下结果，结出的果子又是皮色紫黑，粗看如栗。

汪曾祺在小说《受戒》中写过荸荠：“揠荸荠，这是小英子最爱干的生活。秋天过去了，地净场光，荸荠的叶子枯了——荸荠的笔直的小葱一样的圆叶子里是一格一格的，用手一捋，哔哔地响，小英子最爱捋着玩——荸荠藏在烂泥里。赤了脚，在凉浸浸滑溜溜的泥里踩着——哎，一个硬疙瘩！伸手下去，一个红紫红紫的荸荠。她自己爱干这活，还拉了明子一起去。她老是故意用自己的光脚去踩明子的脚。”

汪曾祺的文字总是那么清爽，如荸荠，咬下去，脆生生、水灵灵的，文中的小儿女情怀，最是让人回味。

家乡的荸荠是用锄头挖的。冬至时，荸荠开挖，乡人用锄头在荸荠地里翻上一遍，一个个红彤彤的荸荠就露了出来。用锄头挖过的荸荠田里，难免有些漏网分子。孩子们便去捡漏，光着脚在烂泥里乱踩，踩到硬硬的一个，摸上来一看，一个紫红的大荸荠，那高兴劲儿简直没法形容，把荸荠放水田里洗一下，洗去泥浆，往衣服上擦一擦，就往嘴里塞，咬在嘴里，甜汁四溅。除了这种圆头圆脑的荸荠，还有一种野荸荠。野荸荠只有指甲大小，深栗色，入口极甜，就是太小了，吃不过瘾。

荸荠价廉物美，水分又足，清口又解渴，但我嫌洗泥、削皮麻烦。街头有卖荸荠的，村妇手脚利落，拿一把小刨子，削皮动作快如流星，只一会儿，落了一地红褐色的皮，碗里是雪白的一堆。削了皮的荸荠，白嫩清灵，得赶紧吃，过一歇，颜色就会发黄，像妇人，失了青春，人老珠黄的样，看着揪心。

荸荠可做菜，老家有一道小吃，叫马蹄爽。将荸荠去皮捣糊，加适量淀粉做成荸荠团，油炸后加糖，又脆又香，我一人能吃七八个。拔丝荸荠也很好吃，金黄灿烂，外酥里糯。荸荠还可以磨成浆，干后成粉，泡水冲饮，比藕粉更加浓厚，味道也更加爽口。宋时美食家林洪在《山家清供》里写到凫茈粉，凫茈粉就是荸荠粉。他在天台陈梅家见到凫茈粉，滑爽甘甜，和别的粉不一样，一问，才知是荸荠磨成的。现在天台已很少见到荸荠矣。

荸荠还可做成荸荠鸡丁、荸荠肉片、冬笋荸荠、荸荠狮子头、荸荠饼、蜜汁马蹄、马蹄芡实糕、云英糕、荸荠圆子汤等。无论是生的煮的炒的炸的，这些菜只要跟荸荠沾了边，吃起来，一言以蔽之：脆。不过，我还是偏爱生荸荠，煮熟的荸荠，味道毕竟寡淡些，也失了荸荠清新水润的自然之气。荸荠状如元宝，吴地风俗，年夜饭中必置荸荠一两枚，谓之掘藏。

荸荠性寒，清热又泻火，最宜用于发烧病人。把荸荠削皮切片，加冰糖，制成冰糖荸荠汤，可止咳。荸荠还可美容，将荸荠用刀片拦腰切断，把荸荠的白粉浆涂满酒糟鼻，早晚一次，坚持一月，据说效果不错。每回看到酒糟鼻的人，我总是很想告诉他们这个方子。

台湾汉声编辑室花了两年时间编辑了《水八仙》一书，其中收入了我写荸荠的文章，在序里，他们说："我们奉上一块泥巴，泥巴里裹着水八仙，土得掉渣的风物……汉声不仅留下一块泥巴，也留下重塑未来的神土。借水八仙的仙气，让现代人体会日日是好日的风物真味。爱土、爱水，与水八仙相守，是敬祖宗、宜子孙的事。"或许，这就是美食的真谛，享受到任何一种美食的人，对自然、对土地，都要抱着一颗感恩、敬畏的心。

毛手毛脚的猕猴桃

猕猴桃是山间的果子，在我们这儿，野生的猕猴桃就叫藤梨，顾名思义，是长在藤上的果子。

秋高气爽的时候，跟着彪兄回他的老家，他的老家在寒山湖边上，湖光山色，四时俱美。平素回家次数不多，到了十月，桂花开了，山里的各种果子熟了，总要抽时间回去一趟。彪兄带上我，打栗子，采藤梨，捣麻糍，着实快活。栗子树高，用长竹杆敲打枝叶，青刺毛壳的栗子，从树上跌落下来，在青石板上咕咚咕咚滚得老远，三五个孩子冲上前，争先恐后捡拾。捡到后，用鞋跟踩开，或用石块砸开，掏出生栗便咬，生栗子有爽脆的口感。

藤梨不太好找，不过找到的话，就是一大片。藤梨善攀缘，喜欢缠绕在树干或灌木丛上。彪兄老家是草莽山林，他小时候上山斫柴，见到藤梨，熟的吃进肚，生的采回家。未成熟的藤梨很硬、入口很涩，摘回后，放入密不透风的大缸或者米甏中，用青松针混杂其间，容易催熟。松针是从山上松树上攀折来的，一根一根青碧如针尖，有特有的清香。干燥的松针是最好的引火之物，瞬息之间，即可烈焰飞腾，尖锐的针叶卷曲起来，噼啪作响，空气中有清新的松木香味，气味比在树下要浓烈。为了催熟藤梨，有时候也会放几只熟柿子进去。

镇上有卖藤梨的。集市时，常有山民摆摊叫卖，一堆堆垒在地上，状如蚕茧，硬如弹丸，又如青石蛋子，黄褐中带点青绿。彪兄每次回老家，总要买上一些。有一次，老家的山里亲戚捎来野藤梨送他，放在蛇皮袋子里。他把这些藤梨摊在木地板上，软硬分捡，软者可即食，硬者尚待熟，家里成了集市，只差我持秤叫卖了。

藤梨未熟时酸涩得很，常涩得人呲牙咧嘴，彪兄总是在一大堆藤梨里面“望闻问切”一番之后，挑出几个熟藤梨吃。过了数日，藤梨仿佛得了某个号令，一夜之间全熟透了，根本来不及吃，不过三五天，果子发软，空气中是酸烂的气息，简直溃不成军。

我不大爱吃野生的藤梨，嫌野藤梨个头小，还带涩，吃起来不够爽快，还有股子青草味。老家浙东的藤梨，通常只有鹌鹑蛋大小，《开宝本草》记载一种野生藤梨，有鸡蛋大：“生山谷中。藤着树生，叶圆有毛。其实形似鸡卵大，其皮褐色，经霜始甘美可食。皮堪作纸。”这种鸡蛋大小的藤梨，霜降后味更美，果皮可作纸。

人不可貌相，水果亦然。猕猴桃虽土，却也是青史留名的，中国最早的诗歌总集《诗经》里就有它的记录。《诗经》里记载："隰有苌楚，猗傩其枝。""隰"是指低湿之地；"苌楚"即为猕猴桃，因为林中猕猴喜食，故名，而成熟落地的果子，羊亦爱吃，又称"羊桃"。它还叫鬼桃、狐桃，想必狐仙鬼怪也爱吃。"苌楚"之名，颇有古意。清末民初有个遗少，叫刘声木，出身钟鸣鼎食之家，父亲为四川总督，刘声木喜欢藏书，他把自己的书斋，起名苌楚斋，编有《苌楚斋书目》二十二卷。之所以起名苌楚，并非刘公子爱吃猕猴桃，而是生逢乱世，希望自己能像山间的藤梨，自由自在，不被约束。

前些年，市场上进来了一种洋里洋气的猕猴桃，叫奇异果，长得很大，从新西兰漂洋过海来到中国，其实，奇异果的老家就在中国。1904年，新西兰女教师伊莎贝尔去探望在湖北一座教堂里传教的妹妹，在湖北宜昌的深山老林中，发现野生的猕猴桃，带回一小包种子回到新西兰。种子发了芽，并且开花结果。在新西兰的果园里，这株被称作"中国鹅莓"的果藤，经过数代培育，结出了硕大的果实，因长相酷似奇异鸟，遂起名奇异果。

奇异果与藤梨同宗同源，只因水土不同，虽然血液一样，身材已经两样。就像许多移民欧美的华人二代、三代，虽然是黑头发黑眼珠黄皮肤，却一个个人高马大，俨然洋人矣。

我自忖对故乡风物还算了解，但也只是前些年在黄岩做田野调查的时候才知道，早在湖北的野生猕猴桃种子被带往新西兰之前，清咸丰十年（1860），浙东黄岩焦坑大巍头村，就开始人工嫁接猕猴桃，这是国内人工嫁接繁育猕猴桃最早的地区。村头尚留有一株老藤梨树，主藤粗大如臂，盘根错节，藤蔓长40余米，人称“百岁猕猴桃王”，老得已成树精，但老当益壮，每年仍结果数百斤。虽是野生的猕猴桃，看上去毛手毛脚，有几分糙汉特质，肉质却相当的细腻紧致，清甜可口。

我不免感慨，一个人的寿命再长，也总是活不过一棵树，山林中的那一棵棵树，你不知道它们的年龄多少，也不知道它们经历了什么，它们承受着寒潮、风雷、霹雳，也享受着阳光、雨露、流云，无论环境是好是坏，它们总是依着时令，不紧不慢开它们的花，不紧不慢结它们的果，从不曾爽约。

这几年，野生藤梨很少吃到，倒是大颗的猕猴桃，越种越多，有绿肉、红肉和黄肉之分，红肉如胭脂玛瑙般，黄白肉则如凝脂润玉，或软糯香甜，或九分清甜一分微酸。果熟时，一只只大果，披了层猴子一样的细绒毛，肉质格外肥厚，尤其是红心的猕猴桃，果肉金黄，果心泛红，甘甜软糯，可以拿根管子吸吮，就像吸水蜜桃一样，一嘴的浓稠甜汁。

好果要用好盘。《红楼梦》中，鲜红欲滴的荔枝，配的是缠丝白玛瑙碟子，我买了毛手毛脚的猕猴桃，拿龙泉哥窑冰裂陶瓷盘配它们，我觉得很对得起这些山里的毛孩子。

胖头鱼

写美食，如果不为胖头鱼写点什么，那真是对不住亲爱的胖头鱼啊。

李渔《闲情偶寄》中说："食鱼者首重在鲜，次则及肥，肥而且鲜，鱼之能事毕矣。"胖头鱼完全符合李渔的标准。

胖头鱼的学名叫鳙鱼，《阿Q正传》里称它为"大头鱼"，我跟胖头鱼的交情很深。因为交情深，每到三月，春风一起，桃红梨白，我就往有水库的地方奔去。什么新安江水库，什么云和水库、牛头山水库、长潭水库，我没少去。水库边上产的胖头鱼，水好鱼肥，肉质异常鲜美。都说清水出芙蓉，其实，清水也出胖头鱼的。这些山清水秀的地方出来的胖头鱼，没有土腥味，大头上的鱼肉鲜嫩肥美，怎么烧都好吃。

离我家最近的水库是长潭水库，附近有一村落，名鱼岙，桃花极盛。有一年春，去赏桃花，当地村民刚好给桃花修枝，我在地上拣得许多桃枝，喜滋滋地捧回家，把桃枝插到黑陶瓶中，桃花在家中妖娆盛放，半月才谢。

到了长潭，桃花要赏，胖头鱼也要吃的。胖头鱼，恐怕是长潭水库最响的招牌菜。我自诩意志坚强，但对美食一向缺少抵抗力。到了长潭，焉有不食鱼之理。长潭水库边，除了胖头鱼，还有湖虾、溪鱼、螺蛳、笋干、山药、绿豆面、猪蹄、土鸡、番薯庆糕等好菜。我以自己之心度别人之腹，觉得到长潭去的人，十有八九是冲着胖头鱼的吧，至于看风景，多半是个幌子。

俗话说，“鳙鱼头，鲢鱼腹，鲫鱼背，草鱼肚裆青鱼尾”，意味鳙之美味在头。没错，“胖头鱼”的精华就在于它大大圆圆的脑袋，除了脑袋，其他部位的鱼肉乏善可陈，肉质松而口感差，难怪被称为“鳙鱼”——鳙鱼，鱼之平庸者也。

相比于红烧，我更喜欢白烧的胖头鱼。白烧的胖头鱼一定是活杀的，“引刀成一快，不负鳙鱼头”——不，没这么痛快的。杀胖头鱼时，先要用刷子在胖头鱼的肥头上重重一击，估计经此一击，胖头鱼就脑震荡，昏头搭脑了。洗净鱼身，取下它的头，把鱼头切成两半。锅烧热，下油。烧鱼一定要用肥膘熬油。将大蒜、生姜片在油中煸一下，下米醋、酱油、黄酒、糖，辣椒自是少不得，依食客口味而定，亦可放入豆腐或粉丝。用旺火烧到鱼汤呈奶白色即可出锅。出锅前放入香菜，翠绿鲜艳，带三分春色。

端上来的砂锅鱼头汤，浓稠鲜美，鲜香可口，至于鱼肉，丰厚肥腴，入口绵软，很是入味。动物活动多的部位，肉质一定特别鲜嫩，所以，吃胖头鱼，我的筷子通常直冲鱼的后脑勺而去，胖头鱼眼睛后鼓鼓的两块肉，又肥又嫩。其次我爱吃鱼颊，胖头鱼肥脸蛋上的肉十分细腻。至于鱼下颌的嫩唇和颤悠悠滑腻腻的膏脂，更让人叫绝。胖头鱼肉结实，少细刺，这一点尤为可喜。不像鲥鱼，好吃是好吃，但刺多，贪吃鹫（黄岩本地话，吃货）的人生三恨里就有“一恨鲥鱼多刺”。

除了红烧、白烧的砂锅鱼头汤，我在湖南，还吃过“芙蓉鱼头王”，两片被切割整齐的鱼头，上面是一层红红的野山椒，鲜辣提神，香彻透骨。吃完鱼头，把两寸宽的手抻面条泡进鱼汤里，这面又筋道又鲜香，吃得稀里呼噜，那种咄咄逼人的辣，让人沁出微汗，直叫痛快。

至于剁椒鱼头，是湖南传统名菜，我却是在四川吃的，辣椒剁碎后与鱼头同蒸，辣味十足，像川妹子的脾气，我在四川吃过两回，辣，受不了。

出差广东，广东的朋友请我吃鳙鱼黑豆汤。广东人最讲究滋补了，就算长得肥头大耳，隔三岔五也要补上一补。到广东，入住的酒店，大堂里有一块醒目的牌子，写着：“特别推荐——男人汤：不老草海马炖鹿鞭、肉苁蓉炖鸽吞翅、鳙鱼黑豆汤。女人汤：当归乌鸡炖花胶、鹿茸鲜人参炖鹧鸪、元肉雪梨炖蛤油。”下面还有说明：汤能补气、益肾，具有降脂肪、清热毒、止咳化痰、抗衰老、生津益肺之功效。广东人坚定不移地认为，但凡肾亏损、夜尿多、坐骨痛等等，煲一顿鳙鱼黑豆汤，吃两三回，鱼到病除。

胖头鱼补不补肾不知，不过的确可以补脑，《本草求原》就说：“鳙鱼，暖胃，去头眩，益脑髓，老人痰喘宜之。”聂卫平就嗜食鱼头，据说一顿可吃五六个，难怪聂卫平给补得“肥头大耳”并做得棋圣。

胖头鱼的大脑袋中有两块头骨，弯曲而底部宽平，如三寸金莲，绍兴人叫“小脚婆”，可用来卜卦，也可用来许愿。外婆的红烧胖头鱼非常美味，外公每回吃胖头鱼，总喜欢找出鱼骨，轻轻一抛，如果正好立住，说明心想事成，如果鱼骨倒下，他会“唉呀”轻叹一声。而今，每当我吃着美味的胖头鱼，想到天堂里的两位老人，不免惆怅。

枇杷一树金

“五月江南碧苍苍，蚕老枇杷黄。”春末食樱桃，初夏食枇杷，大暑啖西瓜，霜降食橘柚，是江南人的节令食谱。

故乡在浙东台州，盛产各种水果，一年到头，水果不断，有“水果之乡”的美誉。古时候，就有不少诗人为故乡的水果打过广告，如贯休的“紫梨红枣堕莓苔”、李敬方的“林果黄梅尽”、武元衡的“烟林繁橘柚”等。黄绿红紫，活色生香。从夏到秋，空气中飘着香甜的气息。故乡有首童谣：“五月枇杷黄，六月杨梅红，七月水蜜桃，八月雪梨葡萄熟，九月柿子猕猴桃，十月蜜橘文旦香。”句子虽没有那般诗意，却直白明了，听得人直流口水。

枇杷有多个诨名，苏东坡称之为“卢桔”，陆游称之为“金丸”，又因其花在隆冬开放，叶子经冬不凋，故名“晚翠”，还有人与它称兄道弟，称它为“蜡兄”。最让人惊异的是，有人把这黄金般的果子唤作“粗客”，实在想不出，这枇杷与粗鲁汉子有什么瓜葛。

有一首打油诗，与枇杷有关。说有人送枇杷与人，附函说送上琵琶两筐云云。收礼的人回了一首诗调侃道：“枇杷不是此琵琶，只怨当年识字差。若是琵琶能结果，满城箫管尽开花。”其实写诗的人是半桶水，他不知道枇杷也叫琵琶，《本草衍义》早有解释：因枇杷其叶厚长近似于圆形，状如琵琶，故而得此名。

家乡枇杷广植。宋人戴复古《初夏游张园》云：“东园载酒西园醉，摘尽枇杷一树金。”枇杷熟时，邀请三两朋友，载酒宴游，从东园到西园，枇杷像金子一样垂挂在树上，正好摘下来供酒后品尝。“摘尽枇杷一树金”，比“采菊东篱下”，更有人间烟火气，后者只饱眼福，前者既饱眼福，又饱口福。

旧时，江南人家，大凡有院子，都爱种一两株枇杷。枇杷秋萌冬花，春实夏熟，独具四时之气。冬天冷落萧条，除了茶花、梅花，只有枇杷打起精神开花。枇杷花不甚起眼，色白五瓣，躲在阔大的绿叶间，花苞接近于铁锈色的暗沉，花朵无甚姿色。到了初夏，枇杷树上结满金灿灿的果子，“树繁碧玉叶，柯叠黄金丸”，绿叶葱葱，金丸累累，一派万事喜乐的景致。新鲜的枇杷，表面会有一层细小的绒毛，它是枇杷的“保鲜膜”。

多年前，我住在府城的茶四巷，家在一楼，有个五十多平米的院子，供我们独用。院子里种了爬山虎，搭了葡萄架，那年夏天，极热，我怀着孕，倦怠，浮肿，吃不下饭，闻不得任何气味，平素里最喜欢的花香，闻了都要反胃。白日里东跑西跑采访，回到家，累极，晚上躺在竹椅上，在院子里纳凉。朋友送了一篮大红袍，食了几粒，因为身子笨重，就将枇杷核顺手掼在院落的花坛里。

不承想，枇杷核发了芽，钻出地来，先是小小的几片叶子，四五年后，竟长成老高的枇杷树。春天时，结了小小的果子，立夏前后，满树枇杷，珠圆玉润，饱满玲珑，像是黄金做的果子。枇杷熟时，鸟儿来啄食，院外馋嘴的孩子也常爬墙偷枇杷吃。儿子小时候，我在枇杷树下给他讲故事。搬家后，好些年没见到这株枇杷了，前些日子到临海出差，惦记着这株枇杷树，特地拐过去看了一眼，枇杷树愈发高大，亭亭如盖。新主人说，每年立夏，都可以采摘到几大篮的枇杷。

枇杷能润五脏，滋心肺，《食疗本草》说，把枇杷煮汁饮之，能止渴，“治肺气热嗽及肺风疮，胸、面上疮”。我住府城时，每有肺热咳嗽，便去院中摘些枇杷叶，枇杷叶大如驴耳，刷去叶上黄毛，丢进药罐煮汤煎服，颇有效果。枇杷膏止咳也很好，将冰糖和枇杷果肉，煮至浓稠膏状，用勺子挖着吃。枇杷花亦能止咳，中药店就有售，虽然自家院子有，但我舍不得摘，每每要用到枇杷花时，情愿跑远路到中药店买。从叶到花到果，枇杷一身温存，给人慰藉。

《本草纲目》引《广志》说：“枇杷易种。叶微似栗，冬花春实。其子簇结，有毛，四月熟。大者如鸡子，小者如龙眼；白者为上，黄者次之。”枇杷依照果皮和果肉颜色深浅不同，分为红沙、白沙两大类。红沙的就是诗人说的“金丸”，果皮金黄，肉粗。白沙的果皮浅黄，肉质玉色，古人称之为“蜡丸”。“蜡丸”白嫩饱满，甜美多汁，自带高贵气质，是江浙人家的白月光。

老家的枇杷，品种不少，有大红袍、洛阳青、洛优、软条白沙等十多个品种。其中的洛阳青，又名青肚脐、青嘴、落样青，因果实成熟时果顶及萼片仍青绿而得名，果熟时如麦秆般金黄，肉质肥厚饱满，是优质的红沙枇杷，除鲜食外，常用来做罐头。大红袍也多，果皮果肉都是橙红色，个大味甜。不过，我最爱的还是白沙枇杷中的软条白沙，清甜多汁，风味绝佳。家乡的枇杷有显赫身份，获得国家农产品地理标志认证，黄岩还是中国枇杷之乡，有数万亩的枇杷园。枇杷黄时，当地还要为枇杷举办节庆，端的是热闹喜庆。

今年枇杷熟时，老家的朋友快递了两箱黄岩枇杷给我。“四月江村好烟景，楝花风里买枇杷”，这是我非常喜欢的一句诗。紫色的楝花、金黄的枇杷，想到几百里外的故乡，暮春初夏，江村烟树，枇杷熟时，满树金果，美得就像一首风物诗。

周华诚

周华诚，稻田工作者、作家、独立出版人。中国作家协会会员。“父亲的水稻田”创始人。在《人民文学》《中国作家》《散文》《江南》《雨花》《散文选刊》《广州文艺》《人民日报》《光明日报》《文汇报》《解放日报》等刊物的发表作品逾百万字。著有散文集《江南三书》（三种）《陪花再坐一会儿》《素履以往》《一日不作一日不食》《草木滋味》《一饭一世界》《下田：写给城市的稻米书》《造物之美》、小说集《我有一座城》等20多种。获三毛散文奖、浙江省优秀文学作品奖、中国百本自然好书奖等。主编“雅活书系”“我们的日常之美书系”“稻田氧气书系”等，推出众多畅销市场的图书。

深山云起

我看窗外深山密林，云雾笼罩，层峦叠嶂，隐于山中的人，怕是早已与树与花与鸟兽一起成为山的本身。

1

转了四百六十七个弯，抵达一个地方，百分之九十八点二的当地人都没有到过的地方。

朋友说，真的有那么多弯？

两小时车程的山路，全是盘山而上，那得有多少个弯？山上从前有一座古老的大寺，后来毁了，只留下遗迹，因此叫作“大寺基”。大寺基是在云海之中。后来遗迹上又建了一座新寺，叫“万福寺”，也是远近闻名。那里的大寺基林场，建于1958年，在括苍山余脉上，也位于黄岩、永嘉、仙居三县交界处。林场区域内，平均海拔九百多米，最高的山峰“大寺尖”，海拔1252米。

那个主峰，正是永宁江和楠溪江的发源地。

要是能在山峰上找到这两江源头，也是很有意义的事吧。

五月末，微雨天气，车入山中，云雾就绵密起来，竟至于山道上能见度只有数米。我们一路驱车盘旋上山。峰回路转，浓墨重翠，山谷间瀑布直挂，水声哗然。待云雾稍散，视野开阔处，但见白色云龙栖停在绿色山腰上，连绵数里，煞是好看。

路上，见有山农在路边种树，穿着雨衣，后腰上别着柴刀。柴刀用木制的刀套悬挂，这种工具，长时未见了。所植之树，乃是北美冬青。

近午时分，方到得大寺基林场。此时雨大起来。林场的周书记和章副场长来迎。此地遥远，上山下山不容易，周书记时常一入山中就住上一个月或半个月。这里也是森林公园，黄土地和红土地，上面生长着郁郁葱葱的树木。以前多是松木，属于经济林。这些年也仍然在持续造林，多植阔叶林和彩色树种，枫香、檫树、樱花、银杏、红枫、金钱松等，一年四季，很好看。这是一种造林思路的变化。大寺基这几年，常有驴友于寒冬来此看雪。黄岩这个地方下雪的时候不多，而要看雪，唯有去大寺基。大寺基不仅下第一场雪，且常有雾凇。最冷之时，达零下十六七摄氏度，人称“黄岩小东北”。雾凇是在寒冷之时，雾碰到冰冻的树枝，于是凝成白色的冰晶。雾又碰到冰晶，冰晶于是延长。就这样，冰晶越积越多，从枝头延伸垂挂下来，仿佛是树的白色花边。当整座森林的每一棵树、每一个枝头，都拥有自己的重重披挂之时，森林就变成了一座童话的森林，雪白晶莹，如梦似幻。

这样的场景，周书记每年都要见上好几回。他在这里生活了一辈子。他是林二代。他的父亲在六十多年前带着柴刀上山，没有路，是凭一把刀开出路来。和他一起来的是一百多个知青。他们在山上垦荒，一点一点垦出来种上松树。林场职工，几个月大半年不下一回山，虽是国家干部，却也是地地道道的山农。

山上的生活并非如雾凇那样看起来诗意，而是艰辛无比。山上无房住，是用木头、茅草搭建的草木屋。上山植树，无人看管小孩儿，就把小孩儿也背上，大人干活时，娃就放在挖好的树坑里任他玩耍和睡觉。周书记也是这么长大的。上小学时，林场在几个护林点中间的位置，建了一个教学点，由一个林场职工担任老师，三四个年级的大大小小的娃坐在一间教室，凑成一个班。现在，周书记年纪大了，明年也要退休了。

章副场长年轻一些，他是从区农业农村局下派的。我们坐在小会议室里喝茶聊天。茶就是大寺基林场自产的一种绿茶——龙乾春。这是黄岩当地的名茶，也唯有大寺基出产。20世纪60年代，大寺基开始种茶。父辈们在山上，生活是那样的单调乏味，于是就种茶、炒茶。最好的茶卖了发发工资，最次的茶留下，一年到头喝浓酽的茶。周书记念小学时，放了暑假，也常去茶山采摘夏茶。采茶的工费是两三分钱一斤。这也是一份收入。茶制好了，是由供销社统购。1988年，大寺基研制“龙乾春”品牌茶。

山高路遥，云雾缭绕，虎豹出没之地，自然能出好茶。“龙乾春”茶到底还是好的。在那样的深山老林，几近于野茶，能不好么。不知道从什么时候开始，人们喝绿茶开始讲究时间，要喝明前茶。这里的海拔高，气温低，犹如世外，万物苏醒都晚，茶树萌发都要迟上人间一个月。春茶抢的是时间，更是钱，明前茶一天一个价，你比人家晚一个月，那还怎么跟人比呢？“龙乾春”毫无悬念被比下去了。到了山外，茶叶上又没有大寺基的印记。这两年，“龙乾春”也开始尝试制岩茶，准备探索一条新的路子。

喝茶的时候，我老想着周书记和章副场长讲到的，说在某个遥远的护林点上，还有护林员守护着森林。他们常常是背着半个月的粮食蔬菜上山，　　住数十年。因为长年地居于山中，与人交流少了，语言似乎也变得不那么流利。这一点让我深为震动，想去看看那个护林点，但实在是太遥远，从场部出发，还要步行一两个小时。我看窗外深山密林，云雾笼罩，层峦叠嶂，隐于山中的人，怕是早已与树与花与鸟兽一起成为山的本身。

2

大雨之中的半山古村，宁静得出人意料，溪涧奔腾，雨水淅沥，道上卵石铺地，石桥寂寂，古树横斜，屋舍俨然，村庄的事物都沐浴在大雨之下，一切也都泛着古老的湿漉漉的诗意之光。就这样地来回走了一遭，甚觉美好，又不忍于仓促中惊扰古村的美，便决定离开。有的事物，因为太美好，而觉得自己准备不足。半山之美，应该留待下回再来。

雨水是精灵，是赋予一切干枯的事物以滋润的甘露，是令一切平淡浅薄的事物变得丰富深邃的法宝，是古老的魔术，它让喧嚣归于宁静，让奔忙停下脚步，让萎顿的日子起死回生。

半山出来，冒雨去了黄毛山。

初夏的黄毛山，已然被雨雾所遮蔽，如同一个非现实主义的梦境。半山腰上，方圆数里都是茶园，下得车来，呼吸吐纳尽是山野的清甜空气，而周遭朦朦胧胧，伸手相触，不知是雨雾还是梦境。黄毛山底下有一座长潭水库。这座长潭水库，被誉为台州人的“大水缸”，其集雨面积440多平方公里，有八条溪流源源不断流淌入库，水库周边有高山森林、湖滨湿地、自然草甸，森林与湖泊湿地一起构成野生动物栖息的家园，各种飞鸟走兽、珍稀动物也渐渐出现。我们置身茶山，却只见到一片云海，见不到水库，眼前的这片云海，也许是从水库中生长出来的。水库不只蓄养水，更蓄养云朵，总在合适时机将云朵放牧到天空。有的时候云朵迫不及待，奔涌而出，就奔涌出一片云海了。

云海之上的这片茶园，叫作“天空之城”。倘在双休日，这里游人是很多的。这天倒没有几个人，也是因为下雨的缘故，而如此一来，更像是天空之城了。茶园里有一些帐篷设施，隐于云海之中，像是宫崎骏动画电影中的场景。

给我们泡茶的姑娘善谈天，一问是“九〇后”，海边人。海边人却躲到这山里来了。她说自己喜欢山。这个茶园，天气好时空气清朗，能见到环抱茶园的库区，湖面水平如镜，天空与山野皆宁静，许多时候碧空如洗，群峰连绵，大地安宁，三两人打坐饮茶，内心澄澈一片，有什么比这样更好的？

茶姑娘又说，这山里远离城市，下山一趟，来回要三个小时。有的年轻人待不住，新员工来了第一天就走，天还没有亮，就坚决地离开——竟是自己沿着山路，倔强地走出去，也不知道什么时候才能搭上顺路的车。

算是逃离吗？不知道呢。

有人逃离城市来山里，也有人逃离山里进城。

她却喜欢这山里，喜欢这茶园。有时晚上送走客人，下了班，能看见满天的星星，明亮极了。在这样的高山上，星空可以美成什么样子，城里人靠想象是想象不出来的，只有置身这里，才能见到。

清晨，则是在鸟叫声中醒来。每天起得早，五点多就起床，她先在茶园里走一圈。绣球花这几天开得好，紫的蓝的，这儿一团，那儿一团。锦带花也很漂亮，这花盛开的时候，就像是仙女身上披挂的华衣，繁花渐欲迷人眼。金叶女贞的花细细密密，虽小，却香味浓郁，吸引极多的蜂蝶环绕飞舞。山上还有兰花。兰花开时，能闻到香，却不容易找到。

就喝一杯这山里的茶，“山野天露”，正是这茶园里的云雾茶。制茶的师傅是请的杭州老师傅，用的是龙井工艺。她泡茶取的是中投法，先在杯中注入滚水半杯，再投茶叶，待茶叶醒一醒，再注入半杯水。低头闻香，豆香很明显。偶尔也会有兰花香。兴许是山中兰香入得杯中来，也未可知。

在这里喝茶，外面的雨渐渐收了，风吹来居然还有一些凉意。只好起身将玻璃门关上。城市中的潮热，在这里一点儿也不会有。如果是酷夏之时，来这山上喝茶，那更是清凉无比。天气好的时候，看日出、日落，都是人间少有的风景。

茶姑娘叫王芳，我们是在互加微信的时候，才知道她叫“螃蟹妹”的。这个名字缘于她是海边人。她的父亲卖海鲜，她以前也经常帮父亲在朋友圈里吆喝一把，时间久了大家就叫她“螃蟹妹”了。于是我们也叫她螃蟹妹。现在螃蟹上山了。山上的日子，对于螃蟹妹来说，虽然是寂寞的，却也是丰富的。时常有一些网络达人，来这山上做直播，人往茶园里一站，或往茶树间一藏，把手机摄像头打开，就把这里的云呀雾呀天空大地呀传播出去了。其实这里，还是一座深山。山川未变，云雾未变，只是看待它的人变了。

这样的白云生处，光在网上看直播是不够的。只有真的来了，才能闻见山上的兰花香味悠远，单瓣栀子花的香味清甜；才能看见山河辽阔，长潭湖面宁静如水，“心静如水”是什么意思，你来这里看一看。很多时候，是只有自己置身进去，才能感悟到很多事，慢慢地，慢慢地，一点一点去做事，哪怕极其细微琐碎的事，去做了，才能积累出自己对于事物的理解。

在山上的日子，螃蟹妹有时也会想起自己在海边的生活。靠海吃海，有船进港的时候，半夜她也提前守着，等待船一到，能抢到最新鲜的货源。做海鲜的生意，每天每个小时都要抢时间，一天的货如果出不完，相差几小时就是不同价格了。她和父亲一起卖海鲜，更加懂得时间的珍贵。

现在，螃蟹妹要让时间变慢下来。她是山上的总管，每天守着茶园，守着云海与茶山，觉得满足极了。日子过得，有人开玩笑，跟“提前退休”一样。譬如说，来了山上，她开始过低物欲生活，几乎不再网购，连新衣服都不买。原因是没有快递小哥送货上山。对于她来说，这无所谓，只是一种生活状态的变化，并不觉得有什么不方便。

夏天的夜晚，能听见蛤蟆叫。呱呱，呱呱呱呱，呱呱呱，呱，呱，听着听着，就睡着了。

雨还是在下，云海包围着茶山，也包围着这间小小的茶室。茶泡了二回。雨水仿佛泡进了茶碗。雨水是精灵，是甘露，赋予一切干枯的事物以滋润，令一切平淡浅薄的事物变得丰富深邃。一碗入喉，这个初夏的午后也变得悠长。

3

疑似在村庄里走错路了，却误打误撞，开到了一片山野之中。竹林连绵繁密，山道弯弯且向上。这样的山野之间，人烟稀少，连个可以问路的人也不见。就这样一条道继续前行，愈往上，风景却愈佳。

山转路回，居然就到一片茶园了。

这是一个叫岗塘坪的地方，属于黄岩宁溪镇的五部村。叫什么地方是后来知道的，直到很久以后上来了一位村干部，然后来了一位茶园主人。在他们出现以前，只有云朵停留在上面。

这是五月末的一个傍晚，雨初歇，天地之间清澈如洗。当我们到得山顶之后，发现四面群山都有云朵停留环绕，云朵的边缘很清晰，悬停在山的中部。事实上云朵也在悄悄移动，同时变幻形态，就像是一群移动的羊。

站在山顶大呼小叫的人，显然平时难得见到这样的风景。我记起王坚院士说过：“什么叫年轻？年轻就是还可以接受人生中的不确定性。”他还说：“一件事当你想了很多，想得很周全，这件事你就不会去做了。”

聊到这句话时，我们正坐在一间会议室里，会议室的巨大玻璃窗正对着一座建在屋顶上的足球场，屋顶上绿树成荫，草地茵茵。年轻人在足球场上奔跑。我想他说的是对的，总有些事是你没有认真想过就去做的，而且越是这样，越觉得珍贵无比。

比如今天能把车开到一座山顶的茶园里来，就是这样一件不确定的事情。尤其不确定的是，你并不是为了一片绝美的风景而来。而当这样的美景出其不意地涌现在面前的时候，一种巨大的惊喜，会让人沉醉其中。

我们的问题常常在于想得太多，而做得太少。

茶园主人王叔上来的时候，指着山顶的平台说，本来是想在这里搭一间喝茶的小屋子。这样，人在这里喝茶，可以看见山脚小镇的全景，也能看到脚下的风起云涌。

这两三个小山头，有一百多亩茶园，到了明年，能出几千斤干茶。他今年五十九岁，没事也要上山来。上来干啥呢？就在茶园里拔拔草，权当锻炼身体了。他现在衣食无忧，侍弄这座茶园也就是个业余爱好而已，爬爬山，拔拔草，修心养性，出入云水之间，就跟打太极、练气功是差不多的道理。

以前这个茶园，据老一辈的村民讲，是有老虎出没的。于是我们就在山顶上聊了一会儿老虎的话题。《浙江动物志》记载，华南虎在浙江省分布不多。宁波（1875年）和杭州（1880年）两市郊区均曾有猎捕。1952年，丽水郊区曾打死1只成年虎，体重150公斤。1954年，龙泉曾捉到幼虎2只。此后，衢州（1974年）、开化（1983年）各捕到1只成年虎。在那之后，本省可能已经绝迹，因为再未有新的虎迹发现。不过，2011年、2013年、2015年，温州市的瓯海、苍南，杭州市的临安等地，都相继报道有猛兽出没，许多山羊等家畜被咬死，有几次基本能判断肇事者为金钱豹。尤其是最近一次，2015年，临安的湍口有81只山羊离奇失踪，在山上发现清晰的兽类足印，约拳头大小、四趾，趾前部有明显锋利尖端……

老虎在黄岩，被人叫作“大虫”，大虫的故事总是具有某种神秘性。总之，这里是一个深山秘境了。深山秘境，加之云影天光，使得这个傍晚非常特别。鸟鸣也在这个开阔的山巅此起彼伏，相互呼应。鸟鸣具有某种穿透力，在雨后的清澈空气中，能传得更远。

花香也是如此。随着山风的涌动，一种花香像潮水一样涌到鼻腔来。这是樟树的花香。有时又没有了。清新的空气不会凝滞，使花香与鸟鸣都更有流动性。山上的夜晚，星辉与月光也具有某种流动性，这与时间的特质是相对应的——在一个特定的瞬间，鸟的翅膀停留在空中，月光也定格在空中，其实是时间的定格；此刻我们在山顶，也是对于时间中某一个片断的截取，“此刻”——假设截取的是当下的十分钟，那么，“此刻”就包含了山腰上的云朵从一团流淌成一片的过程，也包含了樟树花香从一座山头飘向另几座山头的过程。

种茶的王叔，其人生自在，掩藏不住。他拥有几座山头，一片茶园，甚至拥有此刻的云朵与花香，当然自在。

王叔的自在还在于，他爱喝酒，且爱以酒会友，朋友遍天下。王叔热情邀我们一起吃饭，一定要喝一杯。吃饭的地方就选在山脚下的宁溪古镇，镇上有一条老街是宋代遗存，旧名“桂街”，老街笔直，人称“直街”。我们就在这直街的一个后院吃饭。因为要赶着回县城，看晚上七点首演的话剧《南宋第一贤相》，酒喝得有点快。但酒是好酒，茶也是好茶——茶是岗塘坪茶园产的“白叶一叶”，酒是十年陈的宁溪老烧。饭店也好，王叔的堂弟开的：自家的房子，自家的菜。

这样的酒一喝，气氛就更好了。王叔的女儿女婿都优秀，在大学教书，女婿还在京挂职；贤妻则是数十年小学教师，话不多，忙前忙后。他自己呢，种茶卖茶，饮酒做媒，交天下朋友。这样的人生，岂非大自在。前一脚是云端的茶园，仙气飘飘，宛如世外，后一脚是人间的烟火，俗世温暖，落在实处。这份自在与自得，也是掩藏不住的开心。从疑似走错路发端，我们的这份开心一路延续，连绵而不绝，宛如千年宋街旁的渠水，具有了一种古典意味，“此刻”因其自在而足以穿越时间留存下来。

父子工匠

当所有人下班的时候，父亲还会走遍车间，用目光和手掌抚过每一台沉默的机床。

1

父子之间的交流并不算多——英豪偶尔打个电话回去，也不过是聊聊家常，很少特意去聊工作上的事情。不过，英豪还是觉得他和父亲之间，有一种不言而喻的默契。

何英豪1998年出生，今年24岁。作为浙江台州市黄岩区第一职业技术学校的一名模具实训教师，他的日常工作，跟父亲的工作几乎一样——都是在机床前默默地度过一天又一天。

父亲何小刚，现在是宁波一家汽车部件公司的数控车间主任。几年前，他也获得了镇海区职工职业技能大赛“数控车工技术能手”荣誉称号。

2020年，英豪参加浙江省职业技能大赛，获得了第三名的好成绩，被授予“浙江省技术能手”“青年岗位技术能手”称号。

一对父子，两个工匠。

采访英豪，他不善言辞，有一句说一句，若不问他什么，他多数时就沉默着。问他，父母是否对他的人生之路有什么影响，尤其是父亲的职业——他想了半天，只是腼腆地说：“也没有什么影响吧，可能只是言传身教。”

又想了半天，他才补充道——记得自己2019年从学校毕业，到台州黄岩工作，父母给了他一个月的生活费。母亲说：“一个人在外面工作，要照顾好自己，买个锅，自己周末烧烧饭，多给家里打打电话。”父亲则说：“现在你参加工作了，跟在学校读书不一样。做人做事，要脚踏实地。”

就这么两句话，英豪一直记着。

2

和妻子曾淑伟一起到达宁波镇海的头几天，何小刚在街头四处彷徨，努力寻找工作机会。这是2001年的一幕。当时的宁波镇海已经是一个生机蓬勃的地方，到处都在开办五金厂，到这里打工的人来自全国各地。

只是，何小刚仅初中毕业，一没有文凭，二没有技术，工作并不好找。

但既然已经出来了，就不可能再灰头土脸地转回老家去。他的老家是在湖南邵阳市新邵县的乡下，一个叫大石的村庄，那里有一座大山叫金子山，但那里山多田少，土地贫瘠，为了谋求发展，很多人都转向东南沿海外出务工。

身上仅有的几十元钱用完了，何小刚想了个办法——擦皮鞋。

后来在老乡的介绍下，何小刚进了一家五金厂做车工，加工发动机配件。具体地说，是做气门导管。他的主要工作，就是在一个铸铁坯件上打孔，然后把外部削圆，使毛坯件变成一根铸铁导管。

这是一份稳定的工作，何小刚非常珍惜。他为人忠厚，手脚勤快，干活专注认真，做出的铸铁导管产品报废率低，这些厂领导都看在眼里。

刚到宁波打工的那一年，他们的儿子何英豪刚好三岁。

为了能一门心思务工赚钱，夫妻俩把孩子托付给家里的大人照管，结伴来到了宁波。很快春节到了，原本准备回家过年，但春运期间的车票非常难买，根本买不到票。三岁的儿子天天在村口盼着爸爸妈妈回家。见爸爸妈妈没回，就伤心大哭。夫妻俩也不忍心，过完年排长队买到了票，把孩子带到了宁波，在宁波上了幼儿园。

这么多年过去，已经是车间主任、每天管着一百多台数控机床的何小刚，还是会想起那些为生活奋斗打拼的日子。

从最开始一个月的五百元工资，慢慢涨到一千多，到两千多，收入每年都在一点点地增加。

2004年，厂里有了第一台数控机床。厂里的生产规模扩大，增加到一千多个工人。厂领导决定让何小刚学习操作数控机床。数控编程，排布工艺，每一个环节对何小刚来说都意味着巨大的困难。为了学习数控机床技术，他自己花了五千块钱积蓄买了一台家用电脑，从打字开始学习。那台电脑，是很多年里家中最贵的一件家电，那时为了买一个电吹风都要前思后想考虑半天。

2008年，厂里有了一百多台数控机床。那时何小刚已经成为操作数控机床的老师傅了，新人进来，都由他来传帮带。厂领导让他管理整个数控车间。

妻子说，小刚性格上“认死理”，一个问题不解决，半夜根本睡不着觉。要是碰到什么技术问题，他经常是从白天到晚上都耗在车间里，饭也忘了吃，家也忘了回。有一次，为了加工一个长轴带有圆弧和不规则形状的零件，反复琢磨，三四天都睡在车间里。

几年下来，一百多人的车间，他做出来的工件合格率最高，速度最快。只要有跟机床有关的任何技术难题，所有人都会第一时间想到找他解决。

3

机器的声音，在何小刚听来是音乐一般悦耳。一个个看似冰冷的钢铁块和零部件，在他看来也都富有灵性。

儿子何英豪在小学和初中的学习成绩都不错，每次总排在班级的前几名。初二那年暑假，担心他一个人留在家里乱跑不安全，何小刚就把儿子带到了车间。

起先是想让儿子在一旁写写暑假作业，顺带着看看，也是一种社会实践。没想到何英豪对机床很感兴趣。这儿摸摸，那儿看看，好奇心强的他还经常拉住老师傅问这问那。

这是一个生产汽车部件的工厂。对于初次接触企业环境的英豪来说，一切都是新颖有趣的。何小刚干脆就教他操作机床，制作简单的小零件。

其中有一个零件，是柴油发动机中的“惰齿轮轴”。看着巨大的钢铁机器在亲手操作下做出一个零件，英豪兴奋不已。

在老师傅的带领下，英豪很快学会了一些简单的操作。但一段时间过去，最初的新鲜感消失了，英豪开始觉得工厂环境有点枯燥。

每天按部就班的工厂生活和工作，让他提不起劲。每天到点，他也马上下班。有几次，当他路过父亲的车间时，却发现工人都走完后，父亲还在逐一检查生产的零件，如果机床打扫得不干净，他还会重新打扫和整理。

这让英豪很受触动——“这份工作我才接触了一个月，就觉得枯燥无味了，他做了十几年，还能尽职尽责。这一点我要向他学习。”

“实习期”结束，父亲给英豪几百元钱作为奖励。英豪开心地说不用了，这些钱就用来贴补家用吧。

这一家人在宁波的生活也不宽裕，他们租住在离工厂不远的一幢年份久远的村民房子里，英豪又有了一个妹妹。

2014年，何英豪初中毕业。到底是读高中考个大学好呢，还是去学一门技术？

只有16岁的英豪，没有想太多。父亲何小刚坚决支持他去读技师学院。

选择技师学院，理由也很简单，浙江是制造业大省，宁波到处都是机械五金工厂，学模具设计与制造这个专业将来比较好找工作。

何小刚从电视上看到，这些年国家都在大力提倡“工匠精神”。他觉得，做一个工匠，是真正对国家和社会有贡献的。做工匠不怕没饭吃。

4

何小刚觉得，做一个好的工匠，亲手把脑海中的事物设计出来并亲手用钢铁制造出来，是一件很有成就感的事情。

2012年，厂里派他参加镇海区职工技能大赛，获得数控机床项目的三等奖。他看到了自己的差距，更加勤练技能。第二次参加技能大赛，不负众望，斩获了“技术能手”称号。后来，又通过了考试，捧回了两本证书——制图员、数控车工的高级技能职业资格证书。

一个曾经的“泥腿子”，凭着勤奋与好学，不仅踏踏实实地完成工作，还成为技术能手，一举成为职工们的学习榜样。但何小刚并未满足，一想到自己曾经在街头寒风中擦过皮鞋，就无比热爱这一份与机床相伴的工作。在他看来，每一台机床都默默地带有温暖的情意。

他希望儿子也成为一个好工匠。

可是，何英豪真的上了技师学院后，有一段时间，他也不免陷入思考与迷茫。尤其当他听说很多技校生毕业之后，没有选择这一行，而是去做服务员、当快递小哥“赚快钱”的时候，他也开始问自己——“这是我想要的工作吗？我难道想跟他们一样，庸庸碌碌过一辈子吗？”

何小刚一年到头面对机床的时间最多。尽管也要管理数控车床车间里的几十号工友，给大家分配工作任务，解决技术难题，但大多数时候，他还是沉默着的。可能有太多的技术问题沉积在他的脑海中，十几年下来，他变得像机床一样沉默和精准。

在儿子英豪一次回家休假时，在饭桌上，他们聊到了当初刚到宁波在街头擦皮鞋的往事，一家人都笑了。

何小刚说：“只要踏踏实实学习，踏踏实实做事，是块金子一定会闪闪发光的。”

英豪想，可能这是父亲讲过的最有哲理的一句话了。

他报名参加了学校的竞赛小组。学校曾有两位优秀的学生，在世界技能大赛的全国选拔赛中脱颖而出。这件事点燃了英豪心中的梦想，他也想进入国家集训队。

世界技能大赛的实训过程，就是一个工匠的修炼过程。第一步是看图纸、画图纸，第二步是对着图纸独立实训，找出问题，总结分析；第三步则是训练强大的心理抗压能力。

如果是在工厂里，流水线上的工人只要负责他自己岗位的工作即可——制图的只负责画图，数控加工的只负责加工，抛光的只负责抛光……但是，去参加世界技能大赛就等于是要做一名“全能型选手”，就是这整个环节的每一个步骤，都需要你一个人独立完成。

在学校里，何英豪的时间分成了两部分：在教室里上课，在车间里实训，而他泡在车间里的时间不分昼夜。从造型研究，到模具设计，到工程制图，再到数控加工，再把加工出的模具进行装配，再抛光、试模、试制产品，然后再修正，再制作产品……

模具，众所周知，就是一个模型，人们可以按照这个模型做出最终的产品来。当下人们的生活用品，大部分都离不开模具，最简单的如脸盆、冰箱、电脑、打印机等，连汽车和摩托发动机的金属外罩也是用模具做出来的。现在一台汽车，要用到的各种各样的模具有两万多个。

那么，模具本身又是如何制造出来的呢？

拿到一个产品的图纸，我们要逆向思维，去推导和设计能做出这个产品的模具。用软件设计出模具，再用毛坯料加工出模具。这里所涉及的工序很多，大致有车、铣、热处理、磨、电脑锣、电火花、线切割、激光刻字、抛光等。

举一个简单的例子，就是在模具加工的“铣”这个环节，假设直径1毫米的铣刀，如果设计有误，很可能这把刀具在切削过程中，会发生“断刀”现象。这时就要反复调整参数，修正刀片的行走路线，使刀具能正常运行，“削铁如泥”，从而加工出完美的模具。

制作模具的环节步骤非常多，每一个环节都难度很大，而且不能有一丝错误——制图的时候，可能要手工标注五六百个尺寸，一个也不能遗漏、错误；数控加工环节，加工精度要控制在0.01毫米范围内……

每天高强度的训练，结束后还要和小组成员总结当天出现的问题，避免下次出现。每个周末，他只有周五晚回家洗澡休息，第二天又回到学校，继续训练。就连寒暑假，他也放弃了旅行或休闲娱乐。这样的高强度训练，持续了一年半。

正是在这样的训练中，英豪觉得自己越来越像父亲了。为了解决一个技术难题，有时候他也会待在机床边，一直从早上到深夜。每一个问题，都需要默默地，缜密地，去逐一解决。

这样的时候，他就会想起父亲。当所有人下班的时候，父亲还会走遍车间，用目光和手掌抚过每一台沉默的机床。

5

2018年，何英豪在第45届世界技能大赛全国选拔赛中，夺得第五名的佳绩。次年，他来到台州黄岩区第一职业技术学校任教，成为一名模具实训指导教师。

2020年，何英豪参加浙江省职业技能大赛，获得第三名的好成绩。

此后，他被浙江省人力资源和社会保障厅授予“浙江省技术能手”称号，被共青团浙江省委授予“浙江省青年岗位技术能手”称号。今年，他又受到共青团中央表彰，获得“全国优秀共青团员”称号。

黄岩是台州的老工业基地，模具产业发达，被誉为“中国模具之乡”。在智能模具小镇，聚集着大大小小上百家模具企业，服务全球车企的汽车模具、微发泡大型模具等各种模具一应俱全。

何英豪明白，学生们都要走上工作岗位，为企业、社会服务，因此他也主动加强与企业的联系，了解行业对技能的要求。周末，他就去黄岩当地的模具厂参观学习，与企业师傅沟通交流，并把社会需求对接到校内的教育上来。

英豪相信，一个全方位的高技能人才，必须有全面的素质。最终，他指导的学生获得了浙江省职业院校技能大赛模具项目一等奖的第一名，也因此获得了代表浙江省参加国赛的机会。一个半月后，该生又在国赛上，获得了一等奖的第二名。何英豪自己也被全国竞赛组委会评为“全国优秀指导教师”。

大国制造业如何面向未来，大国工匠的故事，也是何英豪经常与学生们一起交流的。他说这是一个面向未来的事业，在中国做一名工匠，一定会越来越好，越来越香。

他和同事一起，带领学生们一起设计开发了一个衣架模具，把做出的产品送给学生们，希望每个人能把自己在人生中制造出来的第一个产品悉心收藏，这是非常有意义的纪念。

行业在不断进步，模具制造的工艺也在不断提升。现在，很多厂家要求产品表面具有“镜面”效果。看起来这只是一个抛光工序，但是这个工序只能纯手工操作。有的工件有两三毫米大小的小槽、小孔，要先后用油石、研磨膏、羊毛球慢慢打磨，最终使工件表面达到镜子一样的反光效果，用机器检测，能达到“Ra 0.004”的表面粗糙度。

6

何小刚和妻子曾淑伟依然住在镇海区长石村的旧房子里。房子很老旧，不过夫妻俩仍然很满足，在这里住习惯了，也觉得很好。

妻子也在厂里上班。夫妻俩在宁波务工20年，在共同努力下，生活越过越好。几年前，他们在湖南老家新邵县城买了一套房子，总价40多万元，一次性付清全款。2020年，他们又把房子装修好了。

英豪在台州的黄岩也买了房——作为对优秀技术人才的奖励，当地政府给了一张丰厚的“房票”，奖励60万元的购房首付款。这对何英豪和全家人来说，都无异于一件巨大的喜事。

何小刚每天的工作依然很忙。每周一上午开早会，作为车间主任，他要把所有职工召集起来开会，强调质量、生产、安全几项重点；厂里的产品，大大小小各种型号种类有1000多种，他们车间经常负责最为精细的部分——比如“精镗内孔”这个步骤，要求工差是0.01毫米，比头发丝还细；产品的不合格率控制在千分之一以内。然后，这些精密的配件将被组装成为“动力总成”，成为汽车的重要部件，奔腾在中国和世界各地的大道上。

他欣慰的是，凭他的技术，再也不用为找不到工作而发愁了。

大国工匠建大桥，造火箭，什么样的大工程，都离不开一个个的小零件。何小刚说，只有把每一个小小的部件做好了，才能支撑起一座大桥、一枚火箭。

而小零件，那么重要，却从来都沉默不语。

甜意辽阔

我在吃一枚黄岩蜜橘的时候，想到这些，觉得又甜又忧伤，这是一枚橘子教我的事情，为此我对一枚橘子充满感激。

橘子美

小雪那天，收到黄岩友人寄来的一箱橘子。一边读闲书一边剥橘子，不觉竟吃了五六枚。此橘皮薄多汁，香味馥郁，甚是甘美。我家乡有柚，名曰胡柚，素为我所欢喜。常山胡柚清苦，性凉，而黄岩蜜橘甘甜，性温，可谓天生一对。

小寒时候，巧得很，就去了黄岩。在黄岩乡下四处乱走，最喜是去蜜橘所产出的地头。因是冬天，橘园寂寂，枝头已无果实可看，而看橘园，看橘树，也是好的。黄岩蜜橘栽种在土墩之上；同时，也采用独特的种植法——在主根下放置瓦片，使橘树主根不往下生长，偏是让根向四面蔓延，这样根系能充分地抓住土壤，也能更好地吸收营养与水分。这是我在橘园学到的知识。活到老，学到老。日有所学，日有所得。人在橘园，只要蹲下身来，能学到很多知识。

黄岩水土好。此地为头陀镇断江村，是在永宁江的中游，土壤不仅肥沃，而且砂性——砂性即是不板结，透气，为柑橘生长的理想之地。所以，断江村是中国宽皮柑橘始祖地之一，自唐朝起，黄岩的橘子——那时叫乳柑——已是皇家贡品。从南宋嘉定年间到元代，岁贡橘果数量达一万三千枚。

我在这个冬日从橘林间穿过，橘园寂寂，一条永宁江也从两岸橘林间穿过，江水寂寂。橘子的种类名目极多，我有时十分佩服植物学家或农学家，他们知道这些柑、橙、柚、橘，甚至柠檬到底是如何区分的，而当它们在春天一起开花时，又会在风里向彼此传递什么样的秘密。隔行如隔山。我们今天的人，书读得越来越多，教育程度越来越高，分工越来越细。一个搞建筑设计的人，工作二十年，只是负责画门和窗，而他的另一位同事，则只负责画水电路线。一个牙医只会看牙，眼睛的事情只能去找眼科医生。世上的学问太多了，一个人皓首穷经，沾沾自喜，觉得终于弄懂了这世界的一大部分。实际上，他所了解的不过是这个世界的万分之一的万分之一的万分之一，甚至还不到。这令人感到忧伤。我在吃一枚黄岩蜜橘的时候，想到这些，觉得又甜又忧伤，这是一枚橘子教我的事情，为此我对一枚橘子充满感激。

世界上关于橘子的第一本专著，是《橘谱》，宋代的韩彦直写的。韩彦直是南宋抗金名将韩世忠的长子。淳熙四年

（1177），韩彦直在温州做知州，吃到这里的蜜橘，觉得很甜。有人希望他为橘作谱：“橘之美当不减荔子。荔子今有谱，得与牡丹、芍药花谱并行，而独未有谱橘者。子爱橘甚，橘若有待于子，不可辞。”意即你爱吃橘，橘也等到了你，这是相互的成全，你就把这个论文写了吧。于是韩知州就在从政之余，做了橘子的田野调查，终于写成此书。古时候的人，学识没有今天分得这么细，写字作诗、当官种田，大抵都会一点，哪个方面都拿得起来，常常是做官之余，顺手就把学术也做了。这一本《橘谱》，总共有五千多字，记录了各类柑橘的品种和栽培技术，放在今天来看，也是一本学术随笔了。

再譬如说，我们今天可以见到的《耕织图》，最早的作者，是宋高宗时期的於潜县令楼璹。楼县令看到农夫、蚕妇之辛苦，作了耕织图，写了相关的诗，成为中国农桑生产最早的成套的图像资料。干一行，爱一行，钻研一行，喝茶的写了《茶经》，酿酒的写了《酒谱》，种菊的写了《菊谱》，养猫的写了《猫苑》，这都是叫人忍不住要赞叹的事。

去年的一天，我在山里同一位种猕猴桃的人聊天。整整聊了一天。前年的一天，我在山里同一位守山的老人聊天，也整整聊了一天。种猕猴桃的人告诉我一年到头猕猴桃的事，守山的老人则告诉我很多奇奇怪怪的事。他们懂得真多呀——他们懂得这个世界上，那不为人知的很大的一块。与他们聊天，如吃一枚黄岩蜜橘，汁液饱满，欢喜甘香。

糖多令

有雨的下午，听一个女人念一首词：“何处合成愁？离人心上秋。纵芭蕉、不雨也飕飕。都道晚凉天气好，有明月、怕登楼……”

女人是做烤糖的女人。词是宋词。女人做的烤糖，大概是宋朝就有的小吃吧，女人给它起了一个别致的名字，正是一个词牌名，“糖多令”。

这个小吃是甜的。

十一月之后，这个叫作双楠的小村庄里就弥漫着甜甜的糖香。土地里的甘蔗成熟，人们将之砍伐，运送到糖坊里来。糖坊里有十几口大锅，甘蔗榨出的汁水在锅中煮沸，一点一点浓缩，于是，热气蒸腾之中，植物中隐藏的糖分被一点一点凝聚出来。

这个场景就像一个魔术令人着迷。

熬糖的过程如同填一首宋词，字字句句，皆从日常的凡俗里提纯与凝聚出来。都道晚凉天气好，风也萧萧，蔗林也萧萧。

萧萧声是那红糖的召集令，一声号角，聚集天下糖士。

沏出一壶茶，盛一盘烤糖，我们坐在一起。烤糖酥酥的，一口下去，米花的脆香和着红糖的甘甜一起在舌尖化开。童年往事便也就此漫上心头。装在童年酒瓮里的神秘年货中，一定也有这样的烤糖，在黑漆漆的夜晚持续散发温暖的馨香。年关近了。孩子们在香味中入睡，做着甜美的梦。整个冬天，在大人离场的某些时候，孩子们蹑手蹑脚爬高钻低，找到那笨重的酒瓮，打开瓮口的封盖，往瓮中探进手臂——简直太美妙了，那是一条秘密通道，通往瓮中藏着的宝藏。

女人蕙蕙对童年的事物念念不忘。她与先生一起在北京、广州等多个城市创业，他乡街头，年味渐浓时，她就愈加想念故乡的草木风物。“……年事梦中休，花空烟水流。燕辞归、客尚淹留。垂柳不萦裙带住，漫长是、系行舟。”

许多年后，她从南方回来，回到家乡的甘蔗林，开始吟唱《糖多令》。

她与年长的工人一起，将甘蔗中的糖分熬制出来，制成各种各样的红糖和烤糖。这是一个耐心的糖分收集者。现在，她又把这些美好的事物分发出去，通过网络和手机，把一份甜甜的心意传递到远方，给流落在外的家乡游子寄去慰藉与乡情。

回到故乡的女人蕙蕙，眉眼里都有了甜甜笑意。她在糖坊工作前，用盆景栽了几株甘蔗，每个客人来了，都觉得惊喜，原来甘蔗还能这么种。

甘蔗内部携带的甜意，与那一片生长的土地密切相关。土壤结构不一样，甘蔗的甜味也不一样。有的清甜，有的会带上咸味。

有时候，仅隔着一条田塍，这丘田里的甘蔗与那丘田里的甘蔗也就不一样了。

台风起的时候，甘蔗林会被大风吹倒一大片。这时候，女人又要把甘蔗一根一根扶起来。

若这一年的阳光特别热烈，则甘蔗里的汁水也会特别甘甜。

如同生活，付出辛劳之后，酿出的日子也会更让人品味到甜意。

女人把客人要的烤糖装好，又请客人坐下来喝茶。喝的是姜茶。大冬天的，喝两杯热乎乎的姜茶，人浑身都暖和起来。

女人蕙蕙在这个下午给我们念了一首宋词。她有四十亩甘蔗林，她把自己像甘蔗一样种回在了故乡黄岩的土地上。

端午节的食饼筒

总之，只要吃到食饼筒，不用说，一定是有好事临门。

端午节要挂艾蒲、吃粽子，但黄岩人的端午节很独特，并非吃粽子，而是一定要吃食饼筒——这是黄岩人在端午节最重要的传统习俗，食饼筒也是独具特色的美食。

一桌拼盘，盛满五花八门十几道菜肴，令人食欲大振，眼界大开。菜肴中间，则是两大盘面皮，一青一白，白的是纯面皮，青的加了鼠曲草与艾草，两种面皮，包卷天下，这是黄岩人的食饼筒，也是黄岩人的豪迈与大气。

1

一看就会，一做就废——说的就是包食饼筒。

包食饼筒这件事，对于外地客人来说，看着简单，可一上手却完全不是那么回事。包食饼筒有一种团结活泼的气氛和局面

（与一般的端庄拘谨的饭局场面完全不同）——众人洗净了手，各取一张面皮平摊开来，这面皮柔软而有韧劲，手感极佳，摊平之后，众人就各显身手了（甚至一个个都站起身来），纷纷将面前的米面、卤肉、虾仁、绿豆芽、鱿鱼丝、蒜苗、萝卜丝、鸡蛋丝、韭菜豆干、洋葱鳝片、油条碎、包心菜等一众菜肴，耐心而细致地搬运到这一块面皮上，并且砌成条状，等到菜肴备齐了，再以双手同时扯过面皮，带着足够的力道，将菜肴席卷起来，顺势一滚，一头折叠，以面皮本身的柔韧之力，将菜肴裹成粗粗胖胖的条筒状。

且慢，再浇上一勺肉汁……此时此刻，一番操作早已将食欲与期待值拉满，终于忍不住了，一口咬下去，面皮的麦香裹着各种鲜香在口腔内爆满，细细品尝，每一道不同菜肴的口感、质感与味觉体验异彩纷呈又彼此交融，既有海鲜的鲜甜，又有蔬菜的清香，大口大口咬食，可谓大快朵颐，饕餮之享。

这个包食饼筒的过程，极为讲究力道的刚柔相济。太用力不行，容易把面皮扯破，使“内容露馅”；力道不够也不行，包的食饼筒松松垮垮，吃起来将失去食饼筒应有的风味。包的菜色太多了不行，鼓鼓囊囊的包不起来了；菜太少了也不行，只能吃到面皮，味道也大打折扣。

包得成功的食饼筒，将淋漓尽致地体现台州地区的“和合文化”。首先是“和而不同”，但见那琳琅满目的菜色，有荤有素，有山有海，有清炒有红烧，有甘香有松脆，各不相同，各具特色。其次是“融于一炉”，面皮一卷，这诸般特色都已卷在同一个场域之中，你中有我，我中有你，米面裹着卤肉，鸡蛋丝缠绕油条碎，这是相互的融合，是彼此的成全，其情浓浓，其乐融融。再次是“中庸之道”，力道要不温不火，菜肴要不多不少，包得要不大不小，一切都是恰好。

在黄岩人看来，食饼筒里的菜式可多可少，少则五六样，多则二十几样，只要想吃的都能包进去。问题也正在于此，吃食饼筒必须要人多才带劲，六七个人嫌少，十一二人合适，十六七人不多。碰到大节日，一家老老少少团聚，热热闹闹，红红火火，正是吃食饼筒的好时机，菜式花样又多，人人围桌而卷，围桌而食，欢声笑语，气氛热烈，方得食饼筒之文化精髓。

2

临近端午，黄岩的街头常可见到卖食饼皮的摊子，很多老店更是门前排着一长溜的队伍。端午节了，家家都要吃食饼筒。但摊食饼皮，可是个技术活儿，一般的人家做不好，干脆就从街上买了回家。

你看那摊食饼皮的人，动作也是行云流水，更多的技术含量隐藏在看不见的地方——要提前准备粉浆，把小麦粉加水调成胶糊状，不停搅动，使面浆有强大的韧性，最后能使筷子插在浆中而不倒为宜。此后又在粉浆中加入适量水，养上一两个小时，就可以摊面皮了。摊面皮时，一口平底锅烧得滚烫，先用食用油在锅里擦上一遍，再抓上一把粉浆，掂上几下，迅即投入锅中，手掌顺势逆时针一抹，又顺时针一抹，一块完整的面皮成型，再烙一烙，翻个面儿又烙一烙，一张面皮就烫好了。

事情就是这么个事情，看起来容易，做起来很难。等着买面皮的人，眼巴巴排着队伍等上一二十分钟，心情既激动又平和，一个美好的团圆时刻要来了，家里的孩子们都要回来团聚，大的喜欢吃什么菜，小的喜欢吃什么菜，什么原料该去哪个菜场哪个摊位采买，一道道都在心中放电影似的过一遍。盘算好了，心里有谱了，面皮也买到手了。

吃食饼筒，说实话吃的就是一个热闹，图的就是一个团聚。就像平日里，只有两三个人在家，吃什么食饼筒呢？菜准备多了，吃不完，菜准备少了，没劲儿——谁会费那个心思。只有人聚齐了，屋里挤得满满当当，大的呼儿唤女，小的追逐打闹，屋里屋外人来人往，才是吃食饼筒的好日子。

一个食饼筒里包进诸般菜肴，也包进了喜庆气氛。朋友单位食堂的大厨，就特别爱包食饼筒。单位里谁谁过生日，中午食堂里就会准备一桌食饼筒；要过什么节了，食堂里也会准备一桌食饼筒；连单位里评了什么级，得了什么奖，拿了什么荣誉称号，食堂大厨往往也是消息最灵通，一次不漏，都会准备一桌食饼筒。每当此时，同事们到了食堂，个个喜笑颜开，围桌而包食饼筒。

总之，只要吃到食饼筒，不用说，一定是有好事临门。

3

食饼筒这种食物，台州各地都有，只是叫法不一。在仙居、路桥、黄岩叫作“食饼筒”，临海叫作“麦油脂”，温岭叫作“席饼”，天台人叫作“饺饼”或“五虎擒羊”，在三门它又是“麦焦”，到了玉环则成了“锡饼”。

食饼筒的由来，当地流传着两种说法。

一是和戚继光有关。说戚继光抗倭时期，台州人家家户户都做了菜肴犒劳大军。但是这么多菜，怎么送去军营是个难题，也没有那么多的餐具，于是发明了食饼筒，直接把饼皮包了菜肴，送去给士兵们吃。

还有一种说法是和济公有关。说是那个疯癫的济公和尚，看见人家吃剩下不少菜，觉得浪费了可惜，遂把剩菜包入面饼，下一顿再吃。

每逢立夏、端午、中秋等传统节日，黄岩人都喜欢吃食饼筒，尤其是在端午节，家家都要包食饼筒来吃——这也成为当地十分独特的端午习俗。

“最好的食饼筒永远是包得鼓鼓囊囊的，几乎要把馅都撑出来，胃口不大的女孩子，吃一个肚子就饱了。”台州作家王寒写过《食饼筒》，她说：“与小桥流水的春卷不同，食饼筒有‘浪淘尽，千古风流人物’的霸气，有‘金戈铁马，气吞万里如虎’的豪气，当然，还带着几分与吾乡剽悍民风相匹配的莽汉气质，蓬勃而健旺。”

台州人是有一种剽悍之气、豪爽之气的。在我认识的朋友当中，就有几位铁骨铮铮、敢怒敢言的汉子，我想，恐怕这跟食饼筒有某种说不清道不明的关系——食饼筒的吃法，就传递出一股说一不二、兼收并蓄的豪迈之气。这种一张面皮包裹天下的吃法，当然算不得精致，但又是在高效明确达成饱腹目标的基础上，尽可能地让生活变化出无数的花样来。

周吉敏

周吉敏，浙江温州人，中国作家协会会员。著有散文集《月之故乡》《民间绝色》《斜阳外》，童话长篇小说《小水滴漫游记》。曾获琦君散文奖、三毛散文奖。有多篇散文作品入选全国各类散文年选和全国各地中高考试卷。

站在一块古砖前

刚开始你是一个人看，然后你会感觉到围观的人渐渐多了起来，他们都从时间深处赶来。

楼台重叠满天云，殷殷鸣鼍世上闻。

此日杨花初似雪，女儿弦管弄参军。

晚唐诗人薛能的《吴姬》诗里，柳絮飞白，弦管绕云，弄参军观者如堵，好一个明媚的春日啊！在“吴姬”戏弄参军的眉眼里，这春气也浓了几分。

一千多年前的“弄参军”是何等模样呢？那日，在台州黄岩博物馆里还真是见到了。当时，馆内展出了当地灵古寺塔出土的吴越戏剧塔砖。这些戏剧砖，阴线浅刻，其中四块砖上只刻一个人物，另外两块砖分别刻了两个人物，清晰地呈现了戏剧在古代南方流行的生动气象。

看这些戏剧古砖，似在看那个年代里戏剧表演的“现场直播”，砖就是当时的屏幕。刚开始你是一个人看，然后你会感觉到围观的人渐渐多了起来，他们都从时间深处赶来，就如现在村里请戏班做戏，乡人们从各处赶来，会聚戏台前——小儿坐在大人的肩头，而后排那些人努力踮起脚尖，引颈而望，人潮拥挤，人声鼎沸。

戏开场了………

他，脸方正平展，戴着硬角幞头，身着圆领中袖大袍，腰围宽带，穿着靴，双手捧着笏板。他是一个“官”。“……女优有弄假官戏，其绿衣秉简者谓之参军桩。”（《因话录》）说话的是唐朝的赵遴。我看，这唐朝的“官”跟现代戏曲中扮官的样子并无区别啊。

他，戴着幞头，两条幞带尤长，呈弧形下垂，身着武职袍服，双手握于腹部上，一足挺立，一足支架，右肩扛麾，麾旌迎风飞扬，垂眉蹙额，显得孔武有力。“参军色手执竹竿子以句之……亦如唐代协律郎之举麾乐作、偃麾乐止相似”（《宋元戏曲考》），这是王国维先生的声音吧。

他也戴着幞头，两条幞带上扬，着交领窄袖袍衫，腰间系带，身体微微左倾，双手斜持一长竿，竿上一根长带，临风飘舞。“参军色执竹竿子作语，勾小儿队舞。”这是那个汴京沦陷后，南下临安，思念旧都，写了一部《东京梦华录》的孟元老的声音。

再看那一个，戴着冠，着短衫裤，胸前与两肩均有带结飘垂。左手持觞形物，右手举着一截竹竿，扬于头上，其眼角上挑、嘴角微笑、身姿后仰，神情飞扬，在指挥一支乐队。这指挥之杖与竹竿子，都系“麾”演变而来，同出一源，都是节乐之器。

他们，一前一后，一大一小。那大人在前，戴着幞头，着中袖袍服，身躯侧转，上体稍仰。那童子，着衫裤，双臂前摆，跟随着大人。

而接下来出场的他们才是这场戏的主角。前面的那个，扮演“参军”，浓眉大眼，戴四脚幞头，二巾带翅挺于脑后，另二巾交系于头顶，着交领窄袖袍衫，腰围大带，脚穿绮履，双手叠于胸下，身躯左倾，颔首低眉，神情木讷，一副受到奚落而委屈的模样。而后面那个，扮演“苍鹘”，杏眼小口，似女扮男装，戴两脚幞头，两翅上扬，微微下弯。身着交领窄袖袍衫，腰间系带，下穿连裤袜，脚蹬绮履。双手拢于胸前，身躯右倾，引颈启口，正在戏弄前者，眉目生动传神。

戏台下，笑声、起哄声，裹着泥土的气息，掀起滚滚春潮。人们走过荆棘，走过彷徨，一场戏谑，抖落尘土，品味其中的幽默、放诞，生活一切可参。而这一场娱神的“参军戏”表演，有着风吹花树的喧腾，生机勃勃，天真烂漫，其美正在这里。

是什么样的风把参军戏吹到东海一隅的黄岩呢？

“台州地阔海冥冥，云水长和岛屿青。”这是杜甫《题郑十八著作虔》诗中的首句。唐时的台州，还是蛮荒之地。

“乱后故人双别泪，春深逐客一浮萍。”这是杜诗的第二句。是谁被放逐了，像浮萍一样漂荡？是杜甫的挚友，题中的“郑十八”，因“安史之乱”受牵连，被贬为台州司户参军。

至德二载（757）寒冬腊月，郑虔即郑十八以老弱残身，长途跋涉来到台州。当时地处东南沿海的台州，三面环山，一面临海，偏僻蛮荒，文风未开，郑虔的衣冠言行，不同时俗，台州人与郑虔相互认为对方怪异，有“一州人怪郑若齐，郑若齐怪一州人”之说。郑虔则自叹“著作无功千里窜，形骸违俗一州嫌”。

虽被贬为“台州司户参军”，还被州人“嫌”，但这位多才多艺、扬名京华的“协律郎”“广文博士”“著作郎”，并没有就此放浪形骸、悠游台州山水，而是以教化台州百姓为己任，以地方官员身份首办官学，选择民间优秀子弟来教导，大到冠、婚、丧、祭之类的礼仪，小到升、降、揖、逊之类的礼节，以身作则，使得台州的民俗日趋淳朴，士风逐渐奋起。郑虔在台州任上，教授了数百名子弟，以至郡城“弦诵之声不绝于耳”。

乾元二年（759），郑虔于台州官舍病逝。“终于台，世为台人。孙瓘仕为协律郎”。民国《临海县志稿》卷十七中载：“郑瓘，虔之孙，为协律郎，文雅有祖风。”据王晚霞《郑虔研究》一书考证：郑瓘，字茧之，是郑虔的玄孙。生活时代约在德宗贞元末至宣宗大中间（803—860）的中晚唐时期，居住在台州临海桐峙康谷郑岙。

郑瓘有文广公遗风，襟怀淡雅，不以势利为事，爱好饮酒赋诗，登山玩水，笑傲江湖，悠游岁月。后来，不愿在京为官，回台州老家过东篱下的日子。他的好友杜牧赠诗云：“文广遗韵留樗散，鸡犬图书共一船。自说江湖不归事，阻风中酒过年年。”（《郑瓘协律》）

台州郑虔一脉，有两人出任协律郎。关于“协律郎”一职，

《新唐书·百官志》曰："协律郎二人，正八品上，掌和律吕。"《辞源》里"协律郎"释为："历代承袭这种制度，掌管举麾节乐，调和律吕，监试乐人典课，属太常寺。"所谓"太常寺卿"，是专司祭祀礼乐之官。唐代的太常寺，直接管辖音乐机构和鼓吹署外，与教坊和梨园也有一定的联系。而作为"举麾节乐，调和律吕，监试乐人典课"的"协律郎"，其实是太常寺中的"乐队指挥"，抑或是"艺术总监"。

在唐时的宫廷中，参军戏已有较多的演出。《乐府杂录》中载："开元中，黄幡绰、张野狐弄参军。"黄幡绰是唐玄宗梨园中的伶工，在宫廷以擅演"参军戏"闻名。他与琵琶圣手雷海星、善舞剑的公孙大娘、善击羯鼓而歌的李龟年，以及和他搭档演参军戏的张野狐，都是名倾一时的梨园人物。"幡绰"是其艺名。"幡"是旗幡，古时传递命令用的三角小旗。据说，黄幡绰演参军戏，肩头上常插旗幡。而"绰"，就是绰动。幡绰，不就是肩上小旗抖动乱飘，滑稽得让人忍俊不禁的形象吗？"渔阳鼙鼓动起来，惊破霓裳羽衣曲。"安史之乱，宫中乐人四处流散。黄幡绰流落到昆山，在当地教曲习戏，把宫廷雅韵传到了当地。宋代昆山人龚明之在《中吴纪闻》里说"至今村人皆善滑稽及能作三反语"，当地有村曰"绰墩"，纪念黄幡绰。

郑虔被贬谪台州，带来宫廷礼乐。"参军戏"作为一种可以戏谑社会现象的表演形式，不可能不被郑虔沿用到教化人的文化教育体系中去。而郑瓘，不做协律郎，归隐家乡，以其洒脱的性情，诗酒之余，调教小儿和当地艺人，热心当地文化教育，这也是毋庸置疑的事。一人博学，开一方之风气，古来有之。

与郑瓘同时代的李商隐有《娇儿》诗，描绘了自家小儿学参军戏的调皮模样，诗中云：“截得青筼筜，骑走恣唐突。忽复学参军，按声唤苍鹘。”晚唐时期，参军戏成了小儿模仿的游戏，其流行程度也就可想而知。那时的参军戏已经不是“参军”和“苍鹘”二人在台上表演一个简单的笑话，而是有年轻美貌能歌善舞的女子表演，其中穿插有彻云的歌声、动听的音乐。薛能诗中的“吴姬”就是这样一个女子。吴越国制砖匠刻画的“参军戏”，可以看到有多种角色和音乐参与表演，“参军戏”正向北宋杂剧过渡。

中国戏曲的形成，犹如涓涓细流，经过曲折蜿蜒，千回百转才汇成江河。参军戏是古剧，是中国戏曲蓓蕾时的情态，是戏曲形成的一支重要源流。北宋末年，南渡之际，中国最早成熟的戏曲形式——南戏，在偏安一隅的温州产生，而后走向全国。黄岩与温州，地缘相亲，文脉同源，五代时都属吴越国治下，灵古寺塔的吴越戏剧塔砖，为探索南方戏曲滥觞提供了宝贵的资料。

“日月忽其不淹兮，春与秋其代序。”历史像长河大川一样一泻千里地逝去了，却将它的陈迹不时显露于后人。

半山，不仅是一个村名

我若是春天来，走在半山这场梨花雨中，有苏轼的“清明”在前，想来也能得几许清气。

半山，半水。

半晴，半雨。

半皎，半弯。

半俗，半雅。

半是红尘，半是禅。

1

半山，是一个村名。

连雨多日方歇，沿着古道到半山村，是最好不过了。不料晨起又是落雨，只得驱车进山。

江南的梅雨是发物。山川雾气蒸腾，峰峦在舒卷的云雾中，像一群驮着浪花的鲸鱼。草木经雨水的清洗与供养，每一片叶子都是一个绿色的深渊，无数的叶子汇成海的体量，仿佛随时倾倒下来，人被压缩成一粒。不时遇白蒙蒙的团雾拦路，小心地穿出来，眼睛被雾气洗过似的，眼前豁然一片清朗。

水的足迹也是人的足迹。苍老的古道石级不时闪现在溪涧边，或山脚下，像先人的背影，随即又遁入林莽深处。可以想象，古道沿途白水奔流，竹影婆娑，鸟鸣啁啾，青苔斑驳，苍古而又秀朴。南方的古道，不是李白“咸阳古道音尘绝”的苍茫，也不是马致远“古道西风瘦马”的悲凉，它是李叔同“长亭外，古道边，芳草碧连天”的情深意长。

数年前，我曾对自己所居的东南海滨小城的古道进行田野调查，二十多篇笔记结集成一本小书《斜阳外》，书中有这样一句话——“旧时光在这里旧得有情有义。”对古道的情义，是对自己生活的这座城前世岁月的情义。

邓淮《温州府志》中说：“浙十有一郡而温独远，枕闽福，控台括，实东南沃壤，依山为城，环海为池。”汉唐时期，东海一隅的温州与外界交流，往西溯瓯江而上，爬山涉水经青田、丽水、缙云，至金华后，再北上。永初三年（422），谢灵运贬谪永嘉任郡守走的是这条道。景平元年（423），谢灵运挂冠离郡，走的也是这条道。温州往北，经台州，有两条路：一条翻越乐清雁荡山，进入黄岩城北，这是官道，设有驿站；另一条，翻越永嘉东北部的括苍山，进入黄岩城西，这是一条民间商贸通道。

半山村就是黄（台州黄岩）永（温州永嘉）古道上一个村

庄。从这条古道上下来的人，大都是去宁溪。宁溪是永嘉、乐清、仙居、临海四县的交界地。宁溪街，建于宋孝宗淳熙年间（1174—1189），中间一条水渠分出两岸，堤岸遍植桂树，称桂街，又因为笔直延伸，也叫直街，是黄岩土特产、农副产品和手工艺品交易的集散地。

上午九点，宁溪老街上的“菊芳豆腐店”里白花花的豆腐正散发着热气，一家制作木桶的老店里一位头发雪白的老人正在俯身箍木桶，一家挂着“被絮”招牌的店门关着，大概是天气太热不宜做棉被的缘故。这些老时光里的事物，只有老街和老房子与之相配，也把旧繁华留住了。让人叹息，前世的衣食住行就这么匆匆而过了，那一代又一代人的体温与光阴就这么不见了踪影。

黄永古道和宁溪老街，遥遥呼应着黄岩城西的五洞桥。这座桥始建于宋哲宗元祐年间，至南宋庆元二年（1196），赵匡胤的七世孙赵伯澐带头捐资重建，西乡的老百姓入黄岩城都由此进出，也叫西桥。从此岸到彼岸，西桥的五个桥洞似五面铜镜，桥面五折起伏，又似一道美丽的波纹连起西江两岸。“玉虹横处隔市喧，夜痕冷浸青青天”，这是元代诗人潘士骥《西桥待秋》里的诗句，桥之美，可想而知了。石板路，石桥，河流，连接起来，山一程水一程，风一更雨一更，是人生俗世，也是文明的交融。

当无数的古道退去，黄永古道在括苍山中倔强地从时光深处走来，走进壬寅仲夏的雨中，成为无数古道的缩影。雨还在下着，长风拂动，山野沙沙作响，山道上人影晃动，书生、商贾、百姓，甚至草莽盗寇……足音纷沓，语声喧哗。肉身的脚板，从山谷，到山腰，到山巅，又落入山谷，山重水复，也柳暗花明。

此时，油门轻轻一点，驾驶的汽车仿佛飞过河床，划过山巅，想到在峡谷中蜿蜒爬升的古道，仍被先人那种辽阔而又坚韧的穿越所激荡。

2

穿过一团白雾，看见清翠的山谷里有几户人家，像突然冒出来似的，却又是那么真切。白雾锁村，是大自然的一种法门吧。这就是半山村了。

沿着老路进村，是去探访一位老友故知的感情。从公路，或者旁道进来，总有一种突然闯进别人家里的唐突感，那种生分和隔阂，很难消弥。

古道与山野已浑然一体。脚踩在无数前人的脚印上，也踩进千年的风霜雨雪里。这时间的深渊，沉重而又轻盈，柔软而又坚硬，与心却是靠得那么近。

神庙的飞檐从山野探出来，一棵大树从神庙中冲天而上。一棵高耸矗立的树，一座神庙，往往是村庄的门户。树是南方红豆杉，当地称赤水树，庙也称“赤水庙”。树是神，守护着村庄，也提示着离村庄不远了。古道上的村庄就是驿站，挑担的人，再熬一肩，就可以歇一歇，喝口茶，吃点干粮了。

山涧苍石错立，涧水飞溅。一条石板桥跨在山涧上，被绿树的浓荫掩护着。一群鸭子“嘎嘎嘎”地赶着水花沿着溪涧下来。

它们扁扁的喙，像一把铲子，楔入苍老的岩石缝里，乐此不疲。桥是老的，树是老的，鸭子“嘎嘎”声也是古音，溪水唱的也是古老的歌谣，野草藤蔓在盛夏雨水中恣意勃发的青春也是古老的。想起王冕的诗：小桥流水路萦纡，竹里茅茨是隐居。

桥是1794年建的，铺了六块石板，也就两米多宽，只须六步，就过了桥。其实桥是村庄的第二道门户。桥旁的树也是南方红豆杉，有五百多年的树龄。过了石板桥，右转，接上一条路廊，来往的客商就在此歇息。路廊靠着半山堂，这是一座清代的建筑，原是观音堂，后来做了供销社。石头墙蓄住了时光，往日熙熙攘攘的商贸气息在这里弥漫着，半山村的驿站风情也在于此。

穿过路廊，古道也是村道。石板路随着溪涧蜿蜒而行。涧水穿过草木的绿荫钻出来，而后从崖上落入碧潭，形成一道瀑布。村子中心有这么一个瀑布潭，就有了高山流水的高古清雅。瀑白潭碧，潭水溢出来，缓缓铺在溪床上，而后被碇步分成几绺，沿着溪坝碎步而下，出了桥洞。

石板路由不规则的天然蛮石铺砌而成，每一块石头都闪着光，雨水打湿后，更显温润如玉。这是半山人以及经过半山的人的脚板打磨出来的光泽。岁月涵养着这条古道，半山村的精气神也在这条古道上。

村人临溪结屋，又顺着两岸的山势蔓延开来。一块石板在溪上一横，就接来了对岸绿树丛中的人家。这是古诗里的意境。马致远眼中的“小桥流水人家”，有古道，西风、瘦马、夕阳和断肠人，太苍凉绝望了。半山的“小桥流水人家”，是苏轼的《如梦令·春思》：

> 手种堂前桃李，无限绿阴青子。帘外百舌儿，惊起五更春睡。居士，居士。莫忘小桥流水。

这是绿润润、清朗朗的江南小桥流水人家，小日子里都是诗意。

村子房前屋后的绿树大多是梨树，曲折的枝干染上绒绒的青苔，盛夏喷张的生命力里有了青苔的原始之气，是极好的，这是自然的相互调适，半山的美即来源于此。新结的梨子，小小的身影藏在绿叶间，不仔细看还真分不清是叶子还是梨子。寒食时节，梨花盛开，洁白的花瓣，映着苍苔，老屋，古道，溪流，无风摇落，那是怎样的意境？自古梨花惹人愁，不管文士还是武夫的笔下都是愁绪伤感，唯苏轼在愁外——“惆怅东栏一株雪，人生看得几清明”。苏轼也写愁，但不入愁的泥淖，他在如雪的梨花中看到了俗世的真谛。

我若是春天来，走在半山这场梨花雨中，有苏轼的“清明”在前，想来也能得几许清气。

3

流水声更添了村庄的静。三两村人冒雨荷锄沿着石板路，隐入山野。他们从哪里来？一颗水珠凝在梨叶的尖上，晶莹剔透，欲滴未滴。这枚挂在时间枝头的小镜子，反射出的光芒，倏然照进半山岁月的深处——苍茫的山野出现几个模糊的身影。

——1126年，永嘉楠溪江岩头金氏一族，沿着水来的方向，走进了茫茫的括苍山野。金氏不知道翻了多少座山峰，看见水已是往下奔流，才知已到了山的南面，于是停下脚步，在一个隐蔽的小峡谷中，凿石砌墙，伐木架屋，开垦田地，蛮荒的山野开始有了炊烟。此地处在半山腰，就起名叫半山。

金氏一族迁徙的时间，正是“靖康之难”时，宋徽宗、宋钦宗、亲王、妃嫔、公主、婢仆、艺人、工匠、良医，将近一万五千人被金人从汴京押往燕京。北宋亡了，宋室南渡开始，迁徙者一批批上路，成群成族，朝着南方而来。

古老中国的人口流向，往往对应的是历史的大动荡。“靖康之难”的战乱并未波及的东海一隅的温州，倒成了康王赵构在金兵的追击下泛海逃亡的暂时安身之地。相对于宋室大迁徙，金氏一族的迁徙，更像一次秘密行动。金氏为何从开阔的楠溪江流域迁入深山？山无语，水喧腾。南方的崇山峻岭中，有多少这样悄然潜伏而又孤独地与山水相守的村庄呢？半山堂的墙壁上写着：先祖周游群邑，见此地山川秀丽，台温古道穿境而过，财路畅通，于是迁入半山。这显然是后人按的一个理由。

一百年后的南宋宝庆元年（1225），才有李氏迁入半山。金氏藏入山之深可见一斑。时间又过去了二百年，到明宣德元年（1426），有翁氏迁入半山；明成化元年（1465），黄氏迁入；明天启元年（1621），许氏迁入。清嘉庆元年（1796），戴氏迁入；清道光元年（1821），周氏迁入；清咸丰四年（1854），何氏迁入；清同治年间，梁氏迁入。直到近现代，还有其他姓氏陆续迁入：潘氏，在20世纪40年代迁入；胡氏，在1954年迁入；姚氏，在1973年迁入。从北宋到现代，八百多年的时光里，半山村形成了一个拥有十二个姓氏的聚落。一个人，迈开的一双脚，微不足道，甚至无迹可循，却改变了隔绝的环境，在时间的魔法下，一个人变成了一个村庄。

金氏从括苍山的东边迁到山的南面，他们迁徙的足迹，成为黄永古道的雏形。后人沿着金氏的足迹来到半山。明清时期，半山的姓氏迁入开始频繁，那时的黄永古道已是一条交通要道。它像一条河流，带来外界的文明，悄然熔铸着半山村的内部。今天虽已失去日常的交通功能，一种形而上的精神却以村庄的形式保存了下来。

古道，大树般开枝散叶，曲折的枝条连着一户户农家小院。走过金家、李家、胡家……脚下青苔斑驳，耳边水声喧哗。许家的宅子临着溪，但高出溪丈余，青砖黛瓦，花砖饰墙，一看就是大户人家。一百多年前，这座宅子里的一位少年，沿着石板路走出去，就再也没有回到半山村。少年叫许境轩，国民政府“中央高教班”第七期毕业，参加过抗日战争，擢升为少将，后来随部队去了台湾。村人说，许境轩后来又去了美国，曾寄回来一张照片给侄孙。这紧闭的门扉是不是在等待这位少年推门而入？许境轩从石板路上走出去的时候，想不到自己此生就像家门口的涧水再也回不去了吧。

村里还有另一位少年，跨过海峡回来了，只是回家时已是一位白发苍苍的垂暮老人，感慨啊！但到底是回来了。

走过石板桥，蜿蜒的石板路引领我们上山。从高处俯瞰，半山村被大山的两条臂弯环抱着，安逸舒展。98岁的周崇友老人头发雪白，正在俯身制作木头衣架。村人赶着一群羊从山上下来，“咩咩”叫唤着经过他家门前。似乎一切都没有变，心灵和身体却已沧海桑田。老人的乡音中夹杂着台湾腔的普通话。雨丝飘洒，往事如烟。

他上有哥哥，下有弟弟，他是老二。民国三十三年（1944）的冬天，19岁的他被抽丁入伍。那年冬天下了好大的雪，雪把山封了，他与村里几个被抽丁的年轻人一起，沿着被雪覆盖的山道一寸一寸滑下山去。先是去了黄岩，集中后前往“临黄师管区”，在台州过完年后随部队前往江苏，参加工兵第一团（独立团），负责部队的舟桥搭建和其他任务，没有参加过战斗。民国三十四年（1945）日本人投降后编入大部队，民国三十七年（1948）前往台湾。生命的个体就这样被时代裹挟着，身不由己地走进风雨如晦的远方。

孤岛台湾，承载了多少无根的人。他终身未娶，1999年回到半山村时，哥哥和弟弟相继去世了，他与侄子生活在一起。做衣架是他在台湾学会的手艺。他有空就做衣架，然后送给乡人，仿佛只有衣架可以沟通乡情，弥补半个多世纪与家乡分离的时光。

世事从来不是恒定不变的，生命充满了迁徙，人的双脚注定属于路。20世纪90年代开始，半山村开始新一轮的迁徙，村里的年轻人像门前的溪水一样出山而去。村子空了，田野也荒芜了。近几年来，村里的年轻人又回来了，一些外乡人也来到了村里，他们把民居改成民宿，把半山的家常菜拿出来招待来看梨花、寻找清风明月的客人。

坐在古桥边的“半山沟农家乐”吃饭，发现旁边还挂了一个“上海人饭店”的招牌，这里距离上海可有四百里之遥。原来男主人是上海人，女主人是温州永嘉人。他们相遇后，在半山村安居下来，已在这里生活了十七年。他们活成了自己的传奇。

我看他们忙活。男人细细地烧田鱼，不断把烧出来的汤，舀起来淋到鱼身上。

“我烧田鱼，不放酱油，也不放味精、白糖，慢慢地烧出它的原汁来，这是我自创的，不是上海烧法。”

“这里的人都把田鱼打了鳞，我们温州人田鱼是不去鳞的，鳞软软的，很好吃。”女人在旁打下手。

女人把菜一样样端上桌来。一盘咸菜炒苦笋，那一点苦味很野。此地山野有苦笋，是女人自己上山挖的。一盘炒腊肉，是永嘉风味，我熟悉的味道；一盘卤水柴火豆腐，黄永两地都是这样的做法，很地道；一盘炒土豆，是那种桂圆一般大小的小土豆，本地种，我小时候吃的都是这种土豆，现在几乎绝迹了。田鱼上来了，汤汁浓稠得像牛奶，鱼鳞软软的，鱼肉鲜中有淡淡的甜，果然烧得与别处不同。清风、细雨、流水，都入味了。

桌子就摆在溪边的一棵树下，看见树上结着橄榄模样的青果。我认出这是我童年老家的那一种树。小时候与小伙伴们曾爬树上摘果子，果实里面有一种鸡蛋清那么软的物质，咬破，吸出来，味道清甜得很。但它消失很久了。我从不知道它有个叫“粗榧”的名字，我们那里叫“鼻涕榄”，名字土得掉渣又非常形象。在半山村兜头与自己的童年相拥抱，与故乡相见，真是亲切。

半山半日，半是烟火，半是清欢。想着：“半山”这名字真好，它不仅仅是一个村名。半是俗世，半也是看俗世的心。人生亦如爬山，爬到一半，可以选择不进则退。当然，若置半山书斋在半山，听泉吟，读闲书，看山是山，看水是水，后半生足矣。

周水欣

周水欣，中国作协与江苏省作协会员，铁路作协会员，报告文学协会会员，散文协会会员。鲁迅文学院青年作家高级研讨班33届学员。文章散见于《三联文化周刊》《新民周刊》《中国青年报》《女友》《爱人》《雨花》《散文家》《中国青年》《青年文摘》《新华日报》《扬子晚报》等报刊。

沿江行

佩索阿在《惶然录》里写道："我无声的行走是一次长长的交谈，我们所有的人、房子、石子、招贴以及天空，组成了一个伟大亲密的集群，在命运队列中用词语的臂肘互相捅来抵去。"

换好跑衫，将跑鞋的鞋带调整到舒服的松紧度。戴防晒帽的时候，张望一眼酒店窗外，天空阴霾，云层沉甸甸的，低低挂在半空。江浙的梅雨季已到，随时可能下雨。但是，有什么关系呢？

从永宁公园起跑。耳机里正传来陈奕迅的《阴天快乐》，"想对着天讲，说无论如何，阴天快乐"。这不就是我想说的么。抬头看看胖嘟嘟的乌云团，是周边发出银光的云朵团呢。微风拂过，些微凉意。气温刚刚好呀。我伸直胳膊做个拉伸，打开跑步软件，清脆女声招呼我："开始跑步！"

永宁江，又称澄江。发源于黄岩西部大寺尖，从高山峡谷间冲出来，如一条银蛇，自西向东贯穿黄岩中西部和北部，浩浩荡荡，至三江口与灵江汇合后，由椒江流入东海，全长80公里。

永宁公园建在其中一段流域。作为“永宁江生态廊道”的示范工程，曾获得2005年度建设部颁发的“中国人居环境范例奖”。永宁江在这一区段稍微变窄，流速舒缓，两岸杨柳依依，水杉林立。木栈道直探入江面，野趣横生，好似水中漂浮的花园。

伴着江水流淌，沿着永宁江往东行。将配速调至七分。这么美丽的跑道，跑得快简直是浪费景观呀。我一边深呼吸江边充满水汽的植物香，一边开始慢跑。

1

每到一座城市，我一定会去做两件事——看博物馆和跑步，以此感受一座城市的文化底蕴与精神气质。用奔跑的方式来快速浏览城市风貌，是特别有意思的一件事。好像拿到一本书，先快速翻阅，感受一下大概内容；然后再判断喜欢与否，哪一部分是想细品的，哪一部分是可略读的。如果碰到不寻常的雨雪天气，反而会激起我冲出去的更大激情。总觉得，极端物候，是大自然在与人类对话，又或者，是天地想与我们一起玩耍——听不听得懂，要看你与天地的机缘。玩不玩得起，那就随遇而安啦。

沿江行。两岸都是翠绿杨柳。对岸江边，一座充满现代设计的白色建筑甚是惹眼，很有腔调。那是朵云书院。一座城市必须有书店作为标定点，才能沉静下来，才会不轻浮。我想起南京的先锋书店，还有，南京的秦淮河。

4千米后，前方河道正在建设，有围挡。永宁江两岸在建设整体的绿道，往西行，可一直延续到长潭水库。那里是台州人的水源地。秋天的时候，火红的落羽杉成片立于水面，水天一色蓝，倒映红杉与白鸥，吸引无数眼睛流连。蜿蜒的江水中间段，著名的黄岩名片——蜜橘博览园镶嵌其间。每年4月，清香扑鼻的白瓣黄蕊儿小橘花开得漫天，所谓“九曲澄江如练，夹岸橘林似锦”。明末清初，老家南京的老僧止嵒在杭州出家，甚爱橘子的他曾作小诗一首《黄岩小橘甚佳喜题一绝》：“橘花如雪忆长洲，橘子黄时到古瓯。多谢吴天怜梦远，飞霜酿出洞庭秋。”

最会享受生活的苏东坡也曾颂赞橘子青绿是最好的人间时节：“一年好景君须记，最是橙黄橘绿时。”我畅想着绿道全部打通，可以在春天，与黄岩的跑友们相约，跑个超长距离，一路赏橘花去。

养成跑步的习惯之后，感觉去哪里玩都可以用跑的，起跑就是10千米。不够？那就来个21.0975千米半程马拉松。好像人形机车，随时发动，随时停靠。一边跑一边看风景，飒爽又自在。曾有人问我，跑步会让你觉得厌倦，会有不想再跑了的一天吗？我高深莫测地回他，华严宗师有个著名的禅宗公案，说一个人一旦觉醒了，这种觉悟就不会再消失了，所谓“落花不返枝，破镜难重圆”。我向他扬扬下巴，给他一个“自己体会”的玄妙眼神。

2

眼前忽然模糊迷离起来——江面窸窸窣窣，落雨啦。

雨滴落在永宁江里，噼里啪啦噼里啪啦，大珠小珠落玉盘。落雨给江面带来动感，看着江面泛起淡绿色涟漪，竟可以用静谧来形容。这声音录下来，可用作安静的白噪声来慰藉容易失眠的人。连线水珠从苍灰色的天空直落而下，柔软又坚定，带着玩耍心情，砸落水面，发出清脆的音乐般声响，好像嘻嘻哈哈笑着散去了的一群精灵。

我戴着的防晒帽帽檐也开始滴水，好似一排水帘。帽檐让我可以很真切地看那落雨，感受那近在咫尺的水珠，却丝毫没有狼狈相。

此时我已衣履尽湿，但由于运动而启动的多巴胺开始发挥作用，浑身充满了能量。一脚踩进水洼里，水浸入运动鞋，凉意突袭，脚丫在水鞋里发出叽咕的声音，我像还不会语言的山顶洞人一样"哦吼"欢呼了一声，随即继续撒丫子跑开了。

在一处栈道停下来，观赏江面翻飞的白鹭，身后传来一个温厚男声："怎么下雨天出来跑步啊？"观景围栏处站着一位穿着短裤拖鞋的男子，应该是附近居民，他也没有打伞，并不介意雨丝扫过，悠闲地点起一根烟。我回头笑笑："刚开始跑的时候，并没有下雨呀。"

"天气预报说，下午就不下了。你应该下午跑啊。"他看着江边步道，拿烟的手伸出来一指，“往右走很长很长哦，往左不长，但是封堵了。这绿道还在修呢，都是一段一段的。修好以后就好跑了。”男子说话，是四平八稳的浙江普通话，慢悠悠的，很安逸。让旅人心安的那种感觉。我嗯一声，一起继续看一会儿江面飞舞的精灵。鸟儿一点不怕雨水，上下俯冲旋转，甚是自在。

告别了男子，继续前行。一边跑一边看轨迹地图。我已离开出发地较远，想着绕过永宁江，从彼岸回程。一路跑过一个空无一人的工地，地图上标记是个大桥，我拐了进去。

这是一座在扫尾阶段还未开通的大桥，横跨永宁江两岸。这边的水域比较宽阔，站在桥上，整个黄岩四面的环山仙气腾腾地出现在眼前。其中最近的是九峰山。想起初次来黄岩的那个夜晚，与友人散步，说起台州有个著名的越野赛“柴古唐斯”，友人笑言：“就在我们这里呀。”她抬手指向夜空：“喏，九峰山上就有一段越野路线。”“九峰山就在这附近吗？”“就在那里啊。很近。”暗夜里，顺着她手指方向，是一片幽深的夜空，一股无形的力量隐隐蒸腾。早上醒来，跑到江边去张望，远处，连绵的黛色山峦，将城市温柔环抱。

此刻，细雨中，在这桥上看出去，江水尽头，山峦此起彼伏，山峦与山峦中间，好似重影，跌跌宕宕。山腰处，有一层浅白薄纱在飘，并一直缓缓舞动荡漾。浙江的山和水，与北方非常不同，甚至与紧邻的江苏都完全是两个感觉。它们不是层峦叠嶂的山，而是温柔缠绵的山，“山”的所有元素它都有，但给人更突出的感觉是山的柔软包容。“那柴古越野跑者要同意你的说法哦。”友人笑。我也一时语塞了。跑过柴古越野的都说，这场越野赛跑完就能感受啥叫“拆骨”“躺尸”了！大山看似温柔，内里全是粗粝坚硬，跑过才知，大自然绝对不可小觑，热爱它的同时，更敬重它的外柔内刚。

桥上只有我一人，看山看水的只有我一人。山和水只被我一人在看着，山水也在默默看着我。雨的声音忽然隐去，雨丝织成一张网，将山与水与我，温柔而强悍地裹在了一起。我猛地摘下帽子，伸展手臂，冲着山河大地，仰脸与之亲密接触。雨丝和着水汽山风的滋味沿着唇角进入口腔，一股沁人心脾的野甜，将四肢百骸浸润。

我又好似山顶洞人一般“哦吼”一声，转身冲下大桥。

3

回程有点绕远，虽然仍旧沿河迂回行进，但看手机地图标识，这条河是永宁江的支流——西江。细雨纷纷，雨水汗水糊了一脸。看到前方有桥洞，直接奔进去。

桥洞入口处有一个端正的铭牌，上写：五洞桥公园。桥洞下宽敞干燥，好像一个小广场。凹凸不平的岩石墙上，还钉了个钉子，挂了一叠乐谱。这里肯定是黄昏时刻大妈大爷们的广场舞集结地。此刻空无一人。我摘下帽子甩甩雨水，抬眼回望——碧绿河水哗哗流淌，不远处，一座古朴的石头长桥，横跨在烟雨蒙蒙的天空下，泛着被雨水洇湿的灰黑石色，静静伫立。

五洞桥，缺月弯弓般横跨于西江之上。据记载，这座桥曾是古代黄岩城通往黄岩西部的唯一交通要道。桥始建于北宋元祐二年（1087），由县令张元仲（字孝友）主持建造，人们为铭记他的功德，又称孝友桥。清光绪《黄岩县志》载："筑为五洞，桥面亦五折，取道当中，坎两旁以窍水，翼栏其上，视旧功十倍焉。"

我又冲进雨里，踏上古桥。古桥跨越 900 多年的历史时空，像一个古老的梦一般。桥身随着五个孔洞而起起伏伏，石面有被岁月侵蚀的坑洼痕迹，桥面栏板、望柱有一些浮雕，充满古意。古桥曾是古代黄岩城通往仙居、永嘉、临海等地的必经之路，桥东桥西都有集贸市场。现在，桥的西面被开发成老街，有充满古韵的民居。水边还有一栋特别华丽的古宅，前有照壁，是中共台属机关旧址。

站在桥上，我忽然有点恍惚。身上淋着的是千百年前的细雨，脚下踩着的是千百年前的石板。西面的古街，沿街一家有着朱红色木质雕花窗栏的古色古香的咖啡店，一位长衫阿姐，正百无聊赖地坐在花窗前观雨。临水一个水泥大平台，铺满各种绿植，其中一大缸紫阳花在雨中开得正欢。而将眼光转向东岸，是高楼大厦，一辆银灰流线型SUV正滑过十字路口。元代诗人潘士骥，写过一首《西桥待秋》，"玉虹横处隔市喧，夜痕冷浸青青天"。此刻，雨，细细密密落入西江。

永宁江两岸是非常富庶的，早在北宋时期，即"百脉畅通，四方艳羡。可谓天下之乐土也"。至南宋，"黄岩熟，则台州可无饥馑之苦”，因此，永宁江被誉为黄岩的母亲河。想当年，它在两岸高山的挟持之下，咆哮而出，以不可阻挡之势冲向平原，奔流到宁溪后，河谷豁然开阔，江流于是变得安宁。江面曾一度有很多渡口，有客轮通海门与临海。江面上舟船频繁来往，两岸街铺也摆满了山地货、南北货等，人来人往，非常热闹。20世纪后期，公路贯通了黄岩山区每个村落，水道运输便式微了。当地政府又相继在江道较窄处建造桥梁，以桥代渡。随着时代变迁，渡口渐渐淡出了人们的记忆。曾经的西浦渡就在五洞桥附近，可想那时的繁华。如今看这古桥，跟现在永宁江上众多钢筋水泥的横跨桥、观景桥、特大桥比起来，好似也一点不逊色。

20世纪末，江口又造了船闸，永宁江不再“咆哮”，变成平缓的“内陆河”。西江与永宁江交汇处，就有“西江闸”。西江闸建于民国二十二年（1933），由著名水利专家胡步川设计并主持修建，至今在用。近日下雨，闸道开启，上游水流冲出闸口的声音轰轰作响，声势还在，仍旧在发挥着排涝的作用。

绕回永宁江公园。雨大了起来。沿江行15公里轨迹，弯弯绕绕的闭环，只是大江的一小部分而已。

此刻，湿润的栈道周边就我一人，木头缝隙间有丛丛小草。透过木板缝隙，被雨冲刷得发亮的鹅卵石河岸边，蓝色小野花藏在吸饱了水的绿草间，顽皮地左摇右晃。江水悠然流淌，两岸高楼大厦与山峦野径交错相容，水秀山清。满眼都是风景。

沿着永宁江跑步，可以有很多条路径，看见城市的好多人文景观与老城烟火气儿。穿过一些老街巷去找通往河边的路，邂逅枇杷树上的小野猫，不声不响跟着我小跑的黄狗。街边小店正在吃东西的黄衣服外卖小哥给我指路，“我经常从这里穿过去，可以到江边”。工地上戴着安全帽的工人师傅拿着个红色小旗子，看见我跑近，站起来等着我发问，“哦，从这里出去、往回头走，上桥，就可以到对岸”。每个人说话都不紧不慢，温暖安稳。

我曾经在冲绳沿着海岸线奔跑，路边为跑者加油的小男孩儿手里捧着一小罐清酒，举高了递给我，羞涩地对我说“干巴爹（加油）”。在桐庐跑进富春江的春雨，浑身淋湿、斗志昂扬，被冒雨工作的赛道摄影师抢拍下自嗨的照片，定格为永久的美好记忆。奔过奈良的郊野山涧，在大桥上，跑者们对着深深的潭水、绚丽的秋景而迷醉不前。而在扬州的运河边奔跑的时候，路过平山堂，立刻想起在奈良看过的唐招提寺，鉴真和尚的两个故园……跑步的迷人之处在于，在奔跑的路上，遇到、想到的那些人、那些事，与面孔上吹过的风，淋在身上的雨，天空飘过的云，大太阳或者阴霾天，湿热或者寒冷的体感融合在一起，令掠过眼前的那些风景，都变得立体丰富，充满感念，成为人生记忆里温暖与安稳的底蕴。

佩索阿在《惶然录》里写道：“我无声的行走是一次长长的交谈，我们所有的人、房子、石子、招贴以及天空，组成了一个伟大亲密的集群，在命运队列中用词语的臂肘互相捅来抵去。”

我独自的奔跑也是。

意犹未尽，期待继续沿江行。

只有真的来了，才能闻见山上的兰花香味悠远，单瓣栀子花的香味清甜；才能看见山河辽阔，长潭湖面宁静如水，“心静如水”是什么意思，你来这里看一看。

责任编辑：张　磊
装帧设计：巢倩慧
责任校对：王君美
责任印制：汪立峰
插　　画：管　莹

图书在版编目（CIP）数据

江上云起 / 周华诚主编. -- 杭州 ：浙江摄影出版社，2022.12
（风物浙江）
ISBN 978-7-5514-4241-1

Ⅰ. ①江… Ⅱ. ①周… Ⅲ. ①散文集－中国－当代
Ⅳ. ①I267

中国版本图书馆CIP数据核字(2022)第220172号

浙江风物

JIANGSHANG YUNQI
江 上 云 起
周华诚　主编

全国百佳图书出版单位
浙江摄影出版社出版发行
地址：杭州市体育场路347号
邮编：310006
电话：0571-85159646
网址：www.photo.zjcb.com
制版：杭州真凯文化艺术有限公司
印刷：浙江兴发印务有限公司
开本：787mm × 1092mm 1/32
印张：7
2022年12月第1版　2022年12月第1次印刷
ISBN 978-7-5514-4241-1
定价：48.00元